羽田遼亮 Ryosuke Hata ill fame
神々に育てられしもの、最強となる
4
A boy raised by gods will be the strongest.
「ウィル様は恋する乙女の味方なんですよ」
「こう見えて
戦闘系の
」
「僕の勘も捨てたもんじゃない」
JN020043

「ウィル少年、格の違いを見せつけてやれ」
「ウィル様はトラブルを呼びやすい体質なのかもしれませんね」
レヴィン
かつてウィルが出会った『剣の勇者』の少女。新たな街でウィル一行と再会を果たすことになり……
ルナマリア
ウィルと共に世界を旅する巫女。神々に育てられた少年の無双劇に『さすウィル』が止まらない

「誰かを犠牲にする必要はありません。
なぜならば生け贄は僕が引き受けるからです」
「わたくしは生まれてからこの瞬間まで、
ただただ主様にお仕えしておりました」
ウィル
言わずと知れた、神々の子。
世界を救うという使命を持つ所為か、
次なる旅路でも
騒動に巻き込まれていく
リディア
天才魔術師・アレンシュタインに仕えるメイド。
家事スキルだけでなく、
戦闘技術もかなりの腕前

鏡の前に立つ。
「…………」
悔しいのか、
恥ずかしいのかは分からないが、
とても可愛らしい女の子がそこにいた。

神々に育てられしもの、最強となる4

羽田遼亮

ファンタジア文庫

3020

口絵・本文イラスト　ｆａｍｅ

神々に育てられしもの、最強となる 4

A boy raised by gods will be the strongest

羽田遼亮 Ryosuke Hata

ill fame

CONTENTS

第一章　エルフとドワーフ

†

城塞都市アーカム武術大会で優勝を果たした。

アーカム市の領主様はこのままアーカムに滞在してくれと願い出てきたが、丁重に断る。

僕の居場所はここではなかった。それに僕は見聞を広げるために旅をしているのだ。ここに留まっても得られるものは少ない。

「騎士の位と領地も用意していたのだが……」

渋るアーカム伯爵に礼を言うとそのまま市をあとにする。

「名残《なご》り惜《お》しいです」

とは世話になった道具屋の娘アイナの言葉だ。彼女の祖父も惜別の言葉をくれる。

アーカム伯にはなんの思い入れもないが、彼女たちは別だ。一抹の寂しさを覚えるが、それでも僕は旅立つ。

その様を見て盲目の巫女《みこ》ルナマリアが控えめに進言してくる。

「ウィル様、私たちの旅はまだ始まったばかり。ここでしばらく休憩するのもいいかと思われますが」

気を遣っての言葉であることは明白だったので、その気持ちには感謝するが、僕としてはアイナたちのもとに留まれない理由がふたつあった。

ひとつは彼女たちに迷惑を掛けたくない、という理由だ。まだ経営が思わしくない道具屋にふたりも食客を養う経済力はない。

もうひとつは、ここに滞在していると彼女たちに物理的な迷惑が掛かりそうな気がすること。

僕の宿敵であるゾディアック教団の魔の手が彼女たちにも及ぶかもしれないのだ。

その考えにルナマリアは渋面を浮かべ同意する。

「……ウィル様の推察は正しいかもしれません。やつらの魔の手は着実に迫っています。先日の武術大会にも教団は関与していました」

「うん……」

関与とは女剣士ヒフネに僕の情報を与え対峙《たいじ》させたこと。大会中に小細工をしたこと。そして前回大会優勝者を悪魔の依《よ》り代《しろ》にし、大会を滅茶苦茶《めちゃくちゃ》にしたことだ。

それらはすべてゾディアックの陰謀なのだが、僕のせいで多くの人に迷惑を掛けたという側面も確かにあった。

僕は何度もゾディアックの悪巧みを阻止し、命を狙われる身となったのだ。

ここにいてはアイナたちに迷惑を掛ける可能性が高い。なので僕は決意する。

「ルナマリア、僕はゾディアック教団に立ち向かうよ。積極的に」

その言葉を聞いたルナマリア、一瞬だけ驚いたような表情をしたが、すぐに謹厳な表情を取り戻すとこう言った。

「その決意、嬉《うれ》しゅうございます」

最後ににこりと微笑《ほほえ》むルナマリア。元々、彼女は僕をこの世界を救う救世主として迎えにやってきたのだ。ようやくその自覚を持った僕を見て心の底から喜んでくれていた。

僕が使命に目覚めたのはゾディアック教団の横暴のせいであるが、この笑顔のためという側面もあるかもしれない。ルナマリアの笑顔はそれくらい素敵なのだ。

†

アーカムから出た僕たちはどこに行くか相談する。

「ゾディアック教団を潰すのはいいけど、肝心のやつらの本拠地が分からない。ルナマリアは知ってる？」

「残念ながら存じ上げません」

「そうか。それは困るな。本拠地が分からなければ対処法が考えられない」

「なんの情報もなく戦いは挑めません」

「そうだね。敵を知り、己を知れば百戦危うからず」

「ソンシですね」

「そう、異世界の兵法家の言葉。ヴァンダル父さんのありがたい格言でもある」

「無為無策はたしかによくありません。ここはまずゾディアック教団の情報を集めましょう」

「それがいい。――ところで今さらなんだけど、ゾディアック教団ってどういうやつらなの？」

「ウィ、ウィル様……？」

精神的に数歩よろめくルナマリア。さすがに初歩的すぎる質問だったようだ。

「あ、いや、さすがに基本は知っているよ。ただ深くは知らないんだ」

「ウィル様は山育ちですしね」

「そうそう。父さんも母さんも俗世のことはあまり教えてくれなかった」

ウィルちゃんは余計なことを知らなくていいの！　と抱きしめてくるミリア母さん、俗世に触れるな、と太古の知識を添えてくれるヴァンダル父さん、男は剣の握り方を知っていればいい、と剣術の稽古をするローニン父さん。彼らは最高の教育者だとは思うが、少し教え方が偏っていたような気がする。

その光景がありありと浮かんだのだろう、ルナマリアは苦笑を浮かべながら説明してくれる。

「──ゾディアック教団。聖魔戦争を引き起こした魔王ゾディアックを信奉する邪教の集団です」

さすがにそれは知っている、とは言わずに彼女の次の言葉を待つ。

「その誕生はこの世界に歴史が刻まれた瞬間とも、あるいはそれ以前とも言われています。聖魔戦争を引き起こしたのは彼らだとも」

「そんな古くから陰謀を企てていたの？」

「それは分かりません。最初は石工たちが集まってできた互助組織だったとも言われています。石工の神からゾディアックに宗旨替えしたのだとも」

「なにがあったんだろう。信じる神様を替えるなんて」

「それは分かりませんが、ただひとつ分かっていることは、ゾディアック教団はこの世界の闇そのものだということです。光の陣営である人間の王や各種教団は常に彼らと敵対しています。この国の王も何度も討伐軍を出しています」

「それでも滅ぼせなかった」

「はい。光の陣営は何度も根絶宣言を出したのですが、時間が経《た》つと教団は復活するのです。――『光あるところに必ず闇はある』彼らの教義の言葉を示すかのように」

「和平は結べないの？　互いに尊重し合うことはできないの？」

「それは不可能でしょう。彼らの教義は混沌《こんとん》と混迷。この世界が乱れれば乱れるほど、邪神ゾディアックは喜ぶと思っています。そしてその混沌がゾディアック復活の糧《かて》となるとも」

「互いに相容《あいい》れることはないってわけか」

「そういうことです。それにやつらは混沌だけでなく、貴きものの血も狙っています」

「そういえば初めて会ったときもそんなことを言っていたね」

「はい」とうなずくルナマリア。

「あのときも説明申し上げましたが、やつらは邪神復活の贄《にえ》とするため、この世界の『勇者』や『巫女』の命を狙っています。その血を捧《ささ》げれば邪神復活が早まるそうです」

「だからルナマリアは狙われていたのか」

「はい。あとは王族の血もやつらにとって貴重な贄となります」

「羊で代用してくれないかな。――どちらにしてもゾディアック復活は阻止しないといけないんだけど」

「そうですね」

「教団の詳細は分かった。やはり教団を倒さないと枕を高くして眠れないみたいだ」

「はい。このままではこの世界を好きなように巡ることは難しいでしょう」

「だね。というわけでまずは〝今〟の彼らの状況を探らないと」

「それなのですが、私にいい策があります」

「策？」

「はい。正確には私の策ではなく、大司祭のフローラ様の策なのですが」

「フローラ様――、たしかルナマリアの育ての親で、お師匠様だったね」

「はい。フローラ様は大地母神教団の最高指導者でもあらせられます。つまり常にゾディアック教団の動向を探っているはず」

「なるほど、たしかにいい情報を持っていそうだ」

「久しく会っていませんのでなにか新しい情報をお持ちかもしれません。一度、戻ってみようかと」

「いいアイデアだね。というか、この前から会おう会おうと言っていたし、丁度いい機会かもしれない」

　そう言い切ると、ルナマリアに大地母神の教団の本拠がどこにあるか尋ねる。

「ミッドニアの北西にございます」

「ここは西域だから北に向かえばいいのか。近いね」

「はい。目と鼻の先です」

「よし、それじゃあ、さっそく、出立しようか」

「はい」

　弾むような声音を発するルナマリア。どうやら里帰りが、いや、フローラ様に会えることをとても楽しみにしているようだ。

　彼女も僕とそう歳《とし》が変わらない。家族と長期間会えないことは寂しくて仕方ないはずだった。一時的な里帰りであるが、きっと彼女の心を慰撫《いぶ》できるだろう。

　それにフローラに会いたいというのは社交辞令ではない。ルナマリアという人格者を育て上げた神職者なのだから、きっと立派な人物だろう。どのような人物なのか、会って確かめたいという気持ちもあった。

　ルナマリアとは末永く付き合っていくつもりだ。神々《ちちはは》たちと相性がいいといいけど。

　そんなことを思いながら北へ続く街道へ向かった。ちなみにルナマリアは今回の旅でもトラブルが起こるという神託を貰《もら》っているようだが、あまり気にしていない。彼女と旅を始めて以来、トラブルに巻き込まれなかったことなど一度もないからだ。

†

大地母神教団がある場所へ続く街道をひたすら歩いていると、妙な二人組と出くわす。

真っ黒なフードをかぶったふたり連れだ。

最初、親子で巡礼の旅にでも出ているのかな、と思ったが違うようだ。

どうやらふたりとも成人しているようで。

背の小さいほうの女性の声は明らかに大人のものだった。

「失礼、大地母神の神殿へ続いている道はここで間違いないかね？」

大人というよりもかなり老齢というか、野太かった。よく耳を凝らさねば男と間違えてしまうかもしれない。ちらりとルナマリアを見ると彼女は「女性ですよ」と言った。

「この道はたしかに大地母神の神殿に繋《つな》がっています。巡礼ですか？」

「似たようなものです」

長身の男性はそう答えた。こちらのほうは女性と聞き間違ってしまいそうなほど綺麗《きれい》な声質をしていた。正反対というか、真逆というか、変わった二人組だな、というのが第一印象だった。

変わってはいるが、悪い人たちではないようで、道を教えると干し肉と干し茸《きのこ》をわけてくれた。なんでもそれぞれの里から持ってきた逸品とのこと。有り難《あがた》く頂戴すると、彼らをお茶会に誘った。

僕たちも大分歩いてきたし、彼らの服装は汚れていた。疲れていると思ったのだ。彼らは互いに顔を見合わせると、なにかごにょごにょと相談を始める。しばし、話し合うと意見はまとまったようだ。

「せっかくなので頂戴いたしましょう」

その答えを聞いたルナマリアは、にこにことテーブルを設置し始めた。

歓談をしながらルナマリアの淹《い》れてくれたお茶をゆったりと飲む。その間も二人組はフードを脱ぐことはなかった。先ほどからの様子を見るに、なにやら警戒しているようだ。

フードをかぶった二人組はごにょごにょと相談する。長身の男性はかがむようにしないと背の低い女性の耳に届かない。凸凹なコンビである。

「私たちはそんなに怪しいでしょうか？」

しょんぼりなルナマリア。

「まあ、神々の息子に、盲目の巫女《みこ》だからねえ」

慰める僕。仕方ないといえば仕方なかった。

しかし二人組は警戒するが、敵対はしない。自分たちのことは一切語らないが、自分たちが旅してきた道の情報や、他の町の情報は包み隠すことなく教えてくれた。

途中、雷雲を見かけたので雨が降るでしょう、とも。

それは有り難い情報だった。僕たちは早く宿場に向かうため、茶器などを片付け始める。

彼らも手伝ってくれたのでそのまま一緒に神殿に向かうのかと思ったが、もうしばらくゆっくりしていくと主張する。どうやら一緒に行きたくないようだ。なにやら小声が聞こえてくる。「……この少年たちは善人だが」「……出逢《であ》ったタイミングが悪かった」などだ。

その後、きっぱりと同行できない旨《むね》を伝えてくる。ルナマリアは僅かばかりも気を悪くした様子もなく、

「……なにか事情があるのでしょう」

と纏《まと》める。相変わらず聖女のような女性だ。

その意見に相違がなかったので、僕たちはそのまま街道を歩いた。

僕たちの後ろ姿をフード越しに見つめるふたり。

長身の男性のほうが申し訳なさそうに言う。

「気を悪くさせただろうか」

小柄な女性は肯定する。

「だろうね。でもあたいたちは逃亡の身、目的を達成するまで他者と交わることはできない」

「詮ないことだ」

長身の男がそう言うと彼らも街道を歩み出す。

†

大地母神の神殿まであと数日、といったところで異変が起こる。街道の先に検問所を見つけたのだ。

「おかしいです。ルナマリアは眉をひそめながら言う。

「この街道は大地母神の神殿が管轄するもの。ミッドニアの国王ですら関所を設けてはいけないことになっています」

「ならば大地母神の教団が設置したのかな。それにしてはみすぼらしいけど」

そこらで拾ってきた端材を寄せ集めたかのような検問所。いかにも今作りましたというような安普請《やすぶしん》だった。

それに検問所で旅人を尋問している連中も少し妙だった。人間ではなく、亜人たちなのだ。

「あれはドワーフにエルフだね」

「ドワーフにエルフですか？」

ルナマリアは驚く。

「うん、耳が尖《とが》ってるし、酒樽《さかだる》みたいな体型の人もいる」

「それはたしかにエルフとドワーフですね。しかし、妙ですね。彼らは犬猿の仲のはず」

「たしかに相性最悪の種族らしいね」

「そのふたつの種族がこんな場所で検問所を開いているなど普通は考えられません」

「なにか事情があるということか」

こくりとうなずくルナマリア。

僕も同じ結論に至っていたので、彼女と一緒に検問所に向かう。

最初、身分を偽って話しかけようかとも思ったが、その必要はないだろう。エルフとドワーフとは珍妙な取り合わせであるが、危険な香りはしなかった。もしも人間だけならばゾディアック教団の関与を疑ったが、ゾディアック教団は差別主義者《レイシスト》の集まり。人間族以外のものは入信できない決まりになっている。彼らがゾディアックである可能性は限りなく低かった。

　というわけでここはルナマリアに話し掛けてもらう。

　ルナマリアは同意すると自分の身分を明かす。

「エルフにドワーフの皆さん、なにをしているのですか？　ここは何人《なんぴと》にも不可侵な大地母神の神殿へ続く道です。そのような場所に検問所を作るなど、いったい、誰の許可で」

　その言葉にいらっとしたのはドワーフたちだった。

　ただそれは検問所を作った件を指摘されたことではなく、自分たちよりも先にエルフの名を挙げたことだった。

「ドワーフにエルフたちと言え」

　的外れな抗議をしてくる。

　ならば、

「ドワーフにエルフたち」

　と言うと、今度はエルフたちがむすっとする。

　どうやら彼らが犬猿の仲というのは事実らしい。しかし、ならばなぜ、そのふたつの種族がこのような場所で検問所を作っているのだろうか。

　単刀直入に尋ねる。すると彼らはほぼ同時に答えた。

「我らの族長の娘がこいつらの族長の息子に拐《かどわ》かされたからだ」

「私たちの族長の長子が、こいつらの族長の娘に籠絡《ろうらく》されたからだ」

ほぼ同時に言い終えると、互いを睨《にら》み合う。

「抜かせ、おまえたちの倅《せがれ》が糞《くそ》なのだろう」

「うるさい、おまえたちの娘が悪いのだろう」

バチバチと散る火花。

その後、罵詈雑言《ばりぞうごん》を言い合う二陣営だが、彼らの話を総括すると、どうやら互いの族長の子供たちが駆け落ちをしたとのことだった。

だからここで検問所を作り、彼らを捕縛したいのだという。

「……思ったよりもとんでもない理由でした」

呆《あき》れるルナマリア。

「あまり聞いたことがない話だね。エルフとドワーフの駆け落ちなんて」

「はい。私も聞いたことがありません。しかもエルフの『王子』とドワーフの『姫』が駆け落ちなんて……」

エルフは男女問わず眉目秀麗《びもくしゅうれい》なものが揃《そろ》っている種族。人間などから見ればとても美しく、羨望《せんぼう》のまなざしを受ける。一方、ドワーフは、男は髭《ひげ》の生えた酒樽、女は『少し』髭の生えた酒樽、と称される種族で、人間はもちろん、他の種族からの人気は皆無だった。

美女と野獣ならぬ、髭女と美男子であるが、どのような経緯で恋に落ちたのだろうか。とても気になるが、それを考察するよりも先に、先ほど出会った二人組のシルエットが脳内を駆け巡る。

黒いフードをかぶった長身の男と小柄な女性。

もしかしたら彼らが件《くだん》のエルフの王子とドワーフの姫なのではないだろうか、という結論にたどりつく。

ルナマリアも同様のことを考えているようで、「ウィル様……」と僕のほうを見つめてくる。おそらく、いや、確実にそうなのだろうが、問題はその事実をどう処理するか、であった。検問所で言い争っているエルフとドワーフに伝えるべきだろうか？

もしもふたりがこのまま逃亡したら、エルフとドワーフはそのまま戦争状態に突入するだろう。耳を傾けてみると先ほどから不穏当な発言が目立つ。

「これだからエルフは信用ならん」

「なにをこの酒樽が」

「言ったな、この耳長め」

互いに罵倒しあう。一触即発の状態だ。このままにはしておけない。

ならばこの者たちに協力し、先ほどの二人組の情報を教えるべきだろうか。彼らが捕らえられ、それぞれの里に戻れば少なくとも戦争は回避できる。

愛するふたりを無理やり、引き離すことになるが、それでも戦争が起こるよりはマシと言えた。

「…………」

僕は思い悩む。

これほど悩んだことはない、というくらい悩み抜くと、決断を下した。

「一方聞いて沙汰するな、という言葉もある、彼らに話を聞こう」

「いいのですか？　神殿に到着するのが遅れますが」

「急ぐ旅ではないし、それに天命のような気がするんだ。異種族の恋人の話を聞く機会もそうそうないしね」

「さすがはウィル様です。名采配です」

「それは成功してから言って」

「ウィル様ならばすべてをぴしゃりと丸く収めてくださいますわ」

ルナマリアの信頼は厚いが、僕にはそれほど自信はない。

魔物を何人も倒した。

傭兵《ようへい》の集団も蹴散らしたことがある。

悪魔だって倒したことが。

しかし、男女の恋愛を成就《じょうじゅ》させたことはない。

ましてやいがみ合うふたつの種族の仲立ちをしたことなど一度もないのだ。

今回の件、上手《うま》い具合に着地させるのは、ゾディアック二四将を同時に三人斬り伏せるくらいの難事のように思われた。

†

一触即発の検問所を背にすると、そのまま来た道を戻る。

すると先ほどの二人組と再会する。

二人組は明らかに警戒の色を示すが、僕たちが敵でないこと、この先に検問所があることを伝えると、立ち止まり、話を聞いてくれた。

ふたりは同時にフードを取る。そこにいたのは女性と見紛《みまご》うばかりに顔が整った美男子のエルフと、うっすらと髭が生えたドワーフの女性だった。

両極端というか、両者、極端に自分たちの種族の血を色濃く受け継いでいた。さすがは族長の子供たちだ。

彼らは互いに視線を交わすと言った。

「我らが族長の子供であると知っているということは、それぞれから事情は聞いているのですか？」

「おおよそは。ふたりは駆け落ちをしているのですよね」

「はい、そうです。検問所とやらで見たでしょう。エルフ族もドワーフ族も互いに聞く耳を持ちません。ただ我らを引き離すことだけしか考えていない」

「そうみたいでした。検問所まで作るとは」

「あたいたちは純粋に愛し合っているのに」

嘆くドワーフの姫、それを支えるエルフの王子。何度見ても珍妙な取り合わせだった。

――しかし、互いに愛し合っているというのはひしひしと伝わってくる。互いの種族が仲が悪く、戦争になるからという理由で彼らを突き出す気にはなれなくなった。

もちろん、ただ手をこまねいて争いを見過ごす気にもなれないが。

彼らに尋ねる。

「ふたりは愛し合っているのですよね？　一緒に添い遂げたいのですよね」

「そうです。同じ墓に入りたい」

「だから大地母神の神殿に向かっているのですか？」

ルナマリアは尋ねる。

「はい」

大地母神の教義は「豊穣《ほうじょう》」であった。婚姻を司《つかさど》る神様でその教義は「生めよ増やせよ」である。多種族間の婚姻も推奨している。

大地母神に入信し、その祝福を受ければ、多種族間でも子供を作りやすくなる、という話もある。彼らはそれに賭けているのだろう。

そしておそらく、エルフもドワーフもそのことを知っているから、検問を設置し、待ち構えているのだ。

「すみません。我らが種族が迷惑を掛けてしまって」

気にしないでください、と言いたいところだが、エルフとドワーフはこの事件が解決するまで、テコでも動かない雰囲気があった。何人も通さないという強い意志も感じさせた。

エルフとドワーフはともかく、人間は関係ないのでは、と思ってしまうが、彼らいわく、

「他種族に変装されて紛れ込まれたら一大事、二本の足で歩く限り誰も通さない」とのことだった。

つまり彼らだけでなく、僕たちも大地母神の神殿に近づけないということでもあった。それは大司祭フローラに会えないということでもあるのだ。

検問所を撤去するには、彼らの目的を達成させるか、それとも目的をなくさせるか、である。先ほども言ったが、僕はこのふたりを売るつもりはない。だから目的自体をなくさせる方向で動くつもりだった。

そのことを話すとふたりは喜ぶ。

「本当かい？　あんたはあたいたちの味方をしてくれるのかい？」

「ウィル様は恋する乙女の味方なんですよ」

僕の代わりにルナマリアが答えるが、おおむね、間違っていなかった。

「しかし、エルフ族もドワーフ族も頑固な連中です。容易には我らのことを認めてくれないでしょう」

「一番いいのは、エルフ族の族長とドワーフ族の族長にふたりの婚姻を認めてもらうことだけど、可能性はありますか？」

「「絶対にない」」

仲良くはもるふたり。

なんでもエルフの族長の頭は樫《かし》の木をニカワで塗り尽くしたかのように、ドワーフの族長の頭は花崗岩《かこうがん》を重ねたかのように硬いのだそうだ。

どんなことがあっても翻意しないだろう、という。

というか、この駆け落ちも、三年間反対された末に決行したのだという。

「ふたりの関係は死んでも認めてくれなそうですね」

ルナマリアは残念そうに言う。

「いや、死ねば多少は認めてくれるかもね。墓の前に菜の花でも添えて、もう少し話を聞いてやればよかった、くらいは言ってくれるかも」

自嘲気味に言うエルフの王子。

「あたいのところもあたいが死ねば三日は酒を断ってくれるかもね」

と皮肉気味に同意するが、それがヒントとなった。

「……そこまで融通が利《き》かないというわけでもないのか。じゃあ、作戦は決まった」

その言葉にルナマリアは驚く。

「もう、妙案が見つかったのですか⁉」

「まあね」

「まるで太古の軍師のようです」

「それは言い過ぎだけどね。それにこの方法のヒントをくれたのは君たちだよ。それにヴァンダル父さんの書斎にあった異世界の物語」

「私たち？　それに異世界の物語⁉」

「心中がキーワードになって、昔読んだ本のタイトルが浮かんだんだ」

「その本のタイトルはなんというのですか？」

「ロミオとジュリエット」

持ったいぶらずに言うが、異世界の本に疎《うと》いルナマリアにはぴんとこなかったようだ。

「内容は後日話すけど、その本は今回の事件を解決してくれるのにとても役立つ。ただ、その本の作戦を実行するにはとある薬草が必要なんだ」

「薬草ならば多少は」

さすがはエルフの王子様、荷物には幾種類かの薬草が入っていた。しかし、都合良くほしい薬草はなかった。

「僕がほしいのはマンドラゴラの根なんだよね」

「マンドラゴラですか。あの劇薬の」

「アーカムまで戻れば売っているかな」

僕がそう言った瞬間、エルフの王子はぽんと手を叩《たた》く。

「マンドラゴラならば先日通った森で見かけた。急いでいたから採取はしなかったが」

「それは僥倖《ぎょうこう》ですね。今からその場所に向かいましょう」

ルナマリアの提案に僕たちは即座に同意する。

アーカムに戻れば確実に手に入るが、僕たちの資金は潤沢ではない。

それにここで時間を浪費すれば、他の旅人も困る。エルフとドワーフの検問所は何人も通さない、という勢いで運営されていた。

このまま旅人が足止めを食えば、そのことが大地母神の教団の耳にも入ろう。大地母神は平和的な集団であるが、それでも快く思わないはず。エルフとドワーフの争いだけでなく、そこに大地母神の教団も介入してくるかもしれない。それは素敵な未来図ではなかった。

だから僕たちはマンドラゴラを現地で調達するという方法を選択した。

†

エルフの王子様がマンドラゴラを見かけたのは街道の脇にある鬱蒼《うっそう》とした森であった。地元の猟師ですら近づかないという陰鬱とした森だった。

なぜ、このような森を通ったかと言えば、それはもちろん、追っ手から逃れるためである。駆け落ちも大変だ。

そんなありきたりな感想が浮かんだが、それを言語化することはない。それよりも、し忘れていたことをする。

道中、僕は自分の名を名乗る。

「僕の名前はウィル。よろしくね」

「ウィル様はテーブル・マウンテンの神々に育てられたお方なんですよ」

補足するはルナマリア。

その言葉に軽く驚くふたりだが、すぐに自分たちの名も名乗る。

「私の名はアーウィック。西のエルフ族の族長シンテュランの息子」

「あたいは土のドワーフ族の族長の娘、レイバリーさ」

最後にルナマリアが名乗ると、互いの名前を知る仲となる。

「初めて会ったときは名乗れなくてすまなかったね」

レイバリーは申し訳なさそうに言うが、僕たちは気にしない。

「人には事情というものがあります」

その言葉だけで済ませると、僕はふたりの馴《な》れ初《そ》めを聞いた。

「な、馴れ初めかい。な、なんだい、いきなり」

レイバリーは火酒でも飲んだかのように顔を真っ赤にする。姉御肌に見えるが、意外と純情のようだ。

誇らしげにふたりの出会いを話してくれたのはアーウィックのほうだった。

彼は流麗な歌とともにふたりの出会いを語ってくれる。

「二人の出会い、それは運命。

月が一際《ひときわ》大きい夜、森の民の王子は狩りに出掛ける。

そこで足を挫《くじ》いて動けない美姫《びき》を見つける」

韻を踏んだ美しい詩だ。レイバリーは顔を真っ赤にしている。アーウィックは気にする様子もなく、いつの間にか取り出したハープを奏《かな》でている。

「あんた、美姫なんてやめてくれよ、恥ずかしい」

「言い間違えた超絶美女だった」

ふたりはのろけているが、要はアーウィックが狩りに出掛けたときに森で偶然出会ったとのこと。そこで互いに一目惚《ひとめぼ》れをしてしまったのだそうな。

「よくある話ですね」

「そんなにすぐに恋に落ちるものなのかな」

僕の問いにレイバリーは答える。

「恋に落ちるのに適正な時間なんてないよ。出逢《であ》って一秒で恋することもある。あんただってこのお嬢ちゃんを初めて見たとき、胸が高鳴っただろう？」

レイバリーの思わぬ反撃に僕も軽く赤面する。

ルナマリアを初めて見たときの気持ちを思い出してしまったからだ。

悪漢に追われる美しい巫女《みこ》様。初めて見る人間の女性。

ルナマリアの息づかいまで思い出せるほど、そのときの記憶は鮮明に僕の脳裏に刻みつけられていた。

――しばし、今現在のルナマリアを見つめてしまうが、このままだとレイバリーよりも真っ赤になってしまいそうなので、話題をもとに戻す。

「――たしかにこの鬱蒼とした森ならばマンドラゴラくらいありそうだ」

「だね。近くの村人も寄りつかないような森らしいから」

「マンドラゴラは人が踏みしめた大地を嫌うから」

そのようにやりとりしていると、レイバリーが尋ねてくる。

「基本的なことを聞いて申し訳ないんだけど、マンドラゴラってなんなんだい？」

「君はそんなことも知らないのか？」

アーウィックが答える。

「悪かったね」

「怒っているんじゃないよ。貴きものは知らなくていい知識さ」

「マンドラゴラというのは人の形をした根菜のことだよ」

「へえ、根菜ね。大根や人参《にんじん》みたいな？」

「そう。その薬効はとても広範囲に及ぶ。あらゆる霊薬、秘薬を作るのに使うんだ」

「ただし、とても毒性があるから、用量と用法は絶対守らなければいけない」

「へー、そんな素材なんだね。ちなみに高いのかい？」

アーウィックがごにょごにょと伝えると、レイバリーは腰を抜かす。

「な、なんでこの前通りかかったときに抜いておかなかったんだい⁉」

お怒りのようだが、それには事情がある、とアーウィックが伝えようとしたとき、ルナマリアが叫ぶ。

「みなさん、お静かに⁉　なにかよからぬ気配がします」

僕は即座に戦闘態勢に入るが、ふたりはきょとんとしている。ルナマリアの耳の良さを知らないということもあるが、やはり王子様にお姫様、多少、抜けたところがあるのだろう。

僕は彼らを守るかのように一歩前に出る。

すると暗闇から黒い影が飛びかかってきた。

僕は左手の聖なる盾で黒い影の攻撃をかわす。

ぐるる、

黒い影は恨めしそうに僕を睨《にら》み付ける。

アーウィックとレイバリーは目を見開く。だがすぐに黒い影が魔物であると察する。

「こいつらは黒犬《ヘルハウンド》か」

「正解です。どうやらここは魔獣の森のようですね」

僕は襲いかかるヘルハウンドの一匹をシールド・バッシュで倒す。

きゃいんと黒い犬はのたうち回る。

「最初に訪れたときは出会わなかったのに」

「運がよかったのでしょう」

「地元の猟師たちも寄りつかない理由が分かったよ」

レイバリーはそう言うと、背負っていた大槌《おおづち》を取り出す。戦闘に参加してくれるようだ。

彼女は大きく槌を振り上げると、そのままそれを振り下ろす。

ズドン、

と大きな音が鳴り響く。一瞬でミンチが出来上がる。

「あたいの里での異名は挽肉《ひきにく》姫さ」

名前の由来はおおよそ、想像が付く。その腕力はとても頼りになりそうだ。

一方、アーウィックはサポートタイプの戦士のようだ。

風の精霊を召喚すると、自身はハープを奏でながら『戦闘の歌』を唄う。僕たちの気分を高揚させ、攻撃力をアップさせてくれる。

なかなかに頼りがいがありそうな二人組であったので、彼らに後方を任せると、僕はダマスカス鋼の剣を抜き、突進する。

ヘルハウンドは強力な魔物とはいえなかったが、周囲に三〇匹はいる。魔物のくせに連係を取ってくるので長期戦になればこちらが不利になりそうであった。なのでここで戦力の出し惜しみはせずに一気にかたづけたかった。

武術大会の優勝賞品であるダマスカスの剣を振り下ろす。なんの魔力も込めていなかったが、ダマスカスの剣はすうっとヘルハウンドの肉を切り裂く。その切れ味は以前、僕が持っていたミスリルの短剣に勝るとも劣らない。尺がある分、力も込めやすく、使い心地は上々だった。

「これならば負けないかもしれない」

見ればルナマリアも剣を抜き応戦してくれている。

即席の四人パーティーであるが、なかなかにバランスが取れている。

魔法剣士の僕、戦士タイプのレイバリー、支援職のアーウィック、それに僧侶タイプのルナマリア。どのような強敵とも渡り合える最良のパーティーと言えるかもしれない。いや、言える。それを証拠にヘルハウンドはみるみる数を減らし、みるみる戦意を喪失させていく。一匹、戦線を離脱するとそれに続くかのようにどんどんと逃げ始める。やがて戦線を維持できなくなると、最後の一匹がレイバリーによって仕留められる。

憐《あわ》れミンチとなったヘルハウンドを見下ろすと、僕は戦闘の終了を宣言する。

「戦いはこれで終わり。やつらは獣だからもう二度と襲ってこないと思う」

獣は一度強者と認定したものを襲うことはない。

人間のように感情任せに復讐《ふくしゅう》をしてくることはないのだ。

ルナマリアもそのことをよく知っていたので、休憩を提案してくる。

「まだマンドラゴラは見つかっていませんが、皆さん、戦闘で高ぶっています。ハーブティーを淹《い》れますので、一泊してから探しましょう」

その提案を断るものはいなかったので、僕たちはキャンプの準備を始めた。僕とルナマリアがキャンプの準備をし、アーウィックとレイバリーが蔦《つた》を編む。一際大きな植物と、一際固い植物、一際丈夫な植物の蔦を集めて、入念に織り込む。ちなみにこの蔦が僕の秘策となる。

†

アーウィックとレイバリーは泉を探し、水を汲《く》んでくる。

僕とルナマリアは火を起こすための薪を探す。それぞれ、別の方向へ旅立つ。

途中、戦力配分的にこれでいいのかな、と思ったが、ルナマリアは、

「いいのです」

と断言する。

「レイバリーさんの戦士としての能力はケチの付けようがありません」

「たしかに。お姫様だからちょっとおっとりしているけど」

「ですね。でもヘルハウンドの脅威は去りました。問題はありません」

「だといいけど」

「ウィル様は心配性です」

そう言うと地面に落ちた枯れ木を拾う。

「それに恋人同士はなるべくふたりきりにしてあげるものです。戦力配分をバランスよくすると、ウィル様とアーウィックさんペアになってしまいます」

「僕単独、残り三人という手もあった」

「ぷうー、そんなに私とふたりきりになるのがお嫌ですか？」

可愛《かわい》らしく頬を膨らませるルナマリア。

これ以上不満を述べると、彼女の美味《おい》しいハーブティーが飲めなくなるかもしれないと思った僕は、黙って枯れ木を拾う。

「しかし、それにしてもウィル様はトラブルを呼びやすい体質なのかもしれませんね」

「たしかに。あのふたりだけのときは出くわさなかったヘルハウンドの群れと出くわしてしまうのだから」

「これも神の試練かもしれません」

「そうです。大地母神様は勇者に苦難を与えることで有名ですから」

「大地母神様の？」

「僕は勇者ではないけど」

「ですね。でも勇者以上の存在です」

「じゃあ、勇者以上の苦難が与えられるのか」

腕を組み眉をひそめると、ルナマリアは「くすくす」と笑う。

釣られて僕も笑う。

「申し訳ありません。笑ってしまって」

「事実だと思ったからでしょう」

「はい。旅を始めてから苦難の連続です」

「でもすべて乗り越えてきた」

「そうですね。さすがはウィル様です。神々に育てられしものの異名は伊達《だて》ではありませ
ん」

「英才教育という名のスパルタ教育を受けたからね。でも、それもすべて試練に打ち勝つ

ためだと思うと、父さんたちには感謝しないと」

「今度、里帰りをしたとき改めてお礼を申し上げましょう」

「そうだね。――さて、枯れ木もたくさん集まったし、キャンプに戻るか」

「そうですね」

同意するルナマリアだが、きびすを返した瞬間、立ち止まる。

なにがあったのだろう？　と彼女を見つめると、「くんくん」と鼻を鳴らしていた。

彼女は鼻がきくことを思い出す。

彼女は視力を神に捧《ささ》げる代わりに、神々の息吹《いぶき》を感じる力に長《た》けているのだ。嗅覚が鋭敏なのである。

「甘いような、すえたような匂いがします。上質の果物が腐ったような匂いです」

「――果物が腐ったような匂い」

その言葉でルナマリアが感じた匂いの正体の察しが付く。

「まさか……、いや、そうに違いない」

僕は後方に戻ると、土を掻《か》き分ける。

枯れ葉を除去し、腐葉土を払《はら》い除《の》けると植物の茎と葉を見つける。

根の一部分が出ており、そこには明らかに顔のようなものがあった。

「マンドラゴラだ。こいつは運が良《い》い」

「この匂いがマンドラゴラなのですね」

肩越しにルナマリアが覗《のぞ》き込んでくる。

「そうだよ。ヴァンダル父さんがよく使ってるから匂いを覚えていたんだ」

「さすがはウィル様です。――さっそく、抜きましょうか？」

ウィル様に土仕事はさせられません、と彼女は袖をまくし上げ、「うんしょ」と茎の部分を握ろうとするが、僕は慌てて止める。

「駄目だ、ルナマリア、抜いてはいけない！」

「え？　でもこれを使ってエルフとドワーフを仲直りさせるのでは？」

「そうだけど、マンドラゴラは抜くと絶叫を上げるんだ。その声には『呪い』の効果があってその絶叫を聞いたものは死んでしまうんだ」

「まあ……」

口に手を添え、驚くルナマリア。

「それではマンドラゴラを採取できないではないですか」

「いや、こつがある。絶叫の効果は半径二〇メートルくらいらしいから、犬などを使って抜かせるんだ」

「それでは犬が死んでしまいます」

「そうだね。ヴァンダル父さんは罪深い素材だ、と常日頃から言ってるよ」

「……そうですね」

「まあ、もう手は打っているんだけどね」

「さすがはウィル様です」

賞賛を受けると、そのままキャンプに戻るが、ルナマリアは表情を険しくする。

「キャンプで戦闘が行われています。おそらく、レイバリーさんたちが戦っているのかと」

「そいつは一大事だ」

僕たちは駆け足になるとキャンプに戻った。

そこでは戦闘が行われていた。先ほど追い払ったはずのヘルハウンドたちが再び現れたのだ。

「こいつらさっきのやつ」

「先ほどの戦闘で懲りたのではないのでしょうか」

「そのはずだけど、様子がおかしいな」

黒い犬たちをよく観察すると、皆、目が血走っている。恐怖に駆り立てられた目をしている。先ほど、逃亡中にも同じような目をしていた。否、先ほどよりも色濃い恐怖に囚《とら》われていた。

「こいつら、なにかを恐れているな」

淀《よど》んだ瞳、無秩序に垂れる涎《よだれ》、まるで狂犬病になったかのようであった。

きっとなにものかに命令され、僕たちを襲っているのだ。

そのなにものかはなにか分からないが、相当やばいやつであることは間違いない。少なくとも、ヘルハウンドたちはそのものよりも僕たちのほうが〝弱い〟と認識しているのだから。

そのなにものかが現れる前に、戦局をこちらの有利に進めておきたかった。

僕は左手の聖なる盾を投げつける。

彼女は、

『ばびゅーん！』

と勢いよく飛んでいき、ヘルハウンドたちの頭部にぶつかっていく。

『へっへー、久しぶりの出番！』

喜んでいるようでなによりだが、すかさず呪文の詠唱に入る。

数が多く、密集しているので僕は《竜巻》の魔法を選択した。

竜巻は次々とヘルハウンドを切り裂き、空中に巻き上げていく。

十数匹の犬たちを吹き飛ばし、戦局は一気にこちらの有利となったが、それも僅かの間だけだった。

森の奥からみしみしと木々をなぎ倒し、こちらに近づいてくる存在に気が付く。

最初に気が付いたルナマリアは、

「ベルセル・ブル……、いえ、それ以上のなにかが森の奥から現れます」

と言い放った。

その言葉でアーウィックとレイバリーに緊張が走る。戦闘態勢をより引き締めるが、そんなもの〝化け物〟の前では無意味だった。

木々をなぎ倒しながら侵入してきた巨大な黒い影。大型犬であるヘルハウンドをさらに大きくしたような化け物は挨拶代わりに右足を振り下ろす。

その右足だけでヘルハウンド一頭分ある巨大さだった。当然、その威力は凄《すさ》まじく、レイバリーたちを引き裂く。――ことはなく、すんでのところで後方に跳躍する。しかし、その攻撃の余波は凄まじく、先ほどまで彼らがいた大地は大きく穿《うが》たれ、衝撃波によって大ダメージを受けていた。

小石が頭部に当たり、出血するアーウィック。

「アーウィック‼」

愛《いと》しい恋人の名を叫ぶレイバリー。犬の化け物はお構いなしに彼らを襲おうとする。

しかし、それはルナマリアによって防がれる。

彼女は特大の聖なる力で化け物を攻撃していた。

魔法で聖なる弓を具現化し、射貫《いぬ》く。

顔に《聖弓》を喰《く》らった化け物は一瞬たじろぎ、攻撃の手を緩める。その間、ルナマリアはアーウィックとレイバリーに後方に下がるように伝える。彼らはその指示に従ってくれた。

ルナマリアの冷静な行動に賞賛を贈る。

「ありがとうございます。英雄のウィル様に褒められるとは汗顔の至り」

「そんなことはない。いつもながら冷静な判断力だよ。──しかし、こいつはなんなんだ？」

数十メートル先でこちらを睨《にら》み付け、重低音のうなり声を上げている犬。その迫力はこちらの肝を潰しかねんばかりだった。

「最初、伝説の魔獣のケルベロスかと思いました」

「それは違うね。ケルベロスならば頭がみっつある」

「ふたつでもないということはオルトロスでもないでしょう」

「見た目はヘルハウンドをそのまま大きくしただけですね」

「——ふむ、となるとこいつは」

僕が結論に至ると、後方からアーウィックの言葉が飛んでくる。

「ウィル、そいつはおそらく、二つ名付き〝ヘルハウンド〟だ。近くの村人が言っていた。この森には〝したたる血の魔獣〟と呼ばれる化け物がいると」

そういう情報はもっと早く言ってほしかったが、アーウィックいわく、村人があまりにも大げさに言うので法螺《ほら》だと思っていたようだ。

「法螺ではなく、現実のほうが噂《うわさ》を凌駕《りょうが》していたようですね」

ルナマリアが総括すると、二つ名付きヘルハウンドは攻撃を再開した。

やはり先ほど攻撃したルナマリアを狙うようだ。獣の攻撃を読んでいた僕は、最短の距離で敵の側面から剣戟《けんげき》を加える。

ざしゅッ！

肉を切り裂く手応えはあるが、骨まで砕くことはできなかった。

二つ名付きヘルハウンドはその見た目通り肉厚なのだ。

「ヒフネさんとの戦いでレベルアップした僕の剣術が効かないのか……」

嘆くが絶望はしていない。

剣に魔力を込めながら、二撃、三撃と攻撃を加えていく。

その都度、二つ名付きヘルハウンドは苦痛に顔を歪《ゆが》め、咆哮《ほうこう》を放つ。

心の臓まで震える咆哮だったが、それで死ぬことはない。その咆哮に込められているのは《即死》の効果ではなく、《召集》の効果だからだ。

森中に響く咆哮。それを聞いた二つ名ヘルハウンドの手下がどんどん集まってくる。
一四、二四、時間が経過するごとにヘルハウンドの数は増えていく。
「森中のヘルハウンドが集まっているのでしょうか」

「たぶんね」

無から有は生まれない。おそらく、この森のヘルハウンドはこの二つ名付きに使役されているのだろう。

「……長期戦に持ち込めば倒す自信はある。でもこのままヘルハウンドに囲まれたら」

ちらりとアーウィックを見る。

先ほど出血したため、視界が限られているようだ。攻撃にはほとんど参加できていない。

レイバリーも手傷を負ったアーウィックを守るので精一杯のようだ。

ルナマリアもヘルハウンド十数体に囲まれ、難儀している。

（……保って一〇分といったところか）

その制限時間内に二つ名ヘルハウンドを仕留めるのは不可能だろう。

（――通常の手ではだけど）

普通に戦って勝てないのであれば、〝搦《から》め手〟を使え。

これはローニン流剣術の極意であり、ヴァンダル流魔術の神髄でもあった。

またミリア母さんも「裏技チート上等‼」がモットーなのだ。

賢《さか》しく戦え、スマートに勝利、が神々の家の共通言語なのだ。

だから僕は、僕の喉笛を掻《か》き切ろうと襲いかかる二つ名ヘルハウンドの攻撃をかわしながら叫ぶ。

「アーウィックにレイバリー、僕のほうは絶対に見ないで！」

見ないでと言われれば見たくなるのが人の性《さが》であるが、数々の戦闘によって信頼値を醸成していた彼らは即座に了承してくれた。

彼らに被害が及ばないことを確認した僕は、剣の先に魔力を集中させる。

魔術の神ヴァンダルから習った〝ある意味〟最強の魔法、

《閃光《せんこう》》を解き放つ。

閃光の魔法はその名の通り、光を解き放つ魔法。まばゆい光を発する初級魔法であり、攻撃能力は一切ない。しかし、魔術の神ヴァンダルいわく、これほど強力な魔法はない。

「大抵の生物には視力がある。この魔法は魔王にさえ効果がある。上手《うま》く使いこなせばどのような相手とも渡り合える」

その言葉通り、目の前の化け物にも効果的であった。彼らは所詮は犬、無論、鼻は利《き》くが、それでも視力に頼って攻撃していることに変わりはない。数十秒でも視力を奪えれば、こちらとしてはいくらでも布石を打てるのだ。

閃光の魔法が効果てきめんであると再確認した僕は、二つ名付きヘルハウンドにとどめを刺す——ようなことはせず、そのままルナマリアを取り囲むヘルハウンドに剣閃《けんせん》を放ち、アーウィックたちを襲おうとしていたヘルハウンドに《火球》の魔法をぶつける。

一気に燃え上がるヘルハウンドたち。僕はそのまま彼らに後退するように伝える。

「引くのですか？ いい判断だとは思いますが、この森はやつらの森、すぐに取り囲まれ

「それが狙いだよ。とある場所に向かって、そこでやつらを罠《わな》に掛ける」

「なにかいい策でもあるのかい？」

レイバリーが淡い期待を込めて問うてくるが、僕には未来を見通す力などない。しかし、その場所にあるものを利用し、強敵に打ち勝つ知恵はあった。

「みんな、僕を信じて」

その言葉にルナマリアは無言で付き従ってくれる。

アーウィックとレイバリーは無言で見つめ合うと、僕の後方に付き従ってくれた。

道中、ヘルハウンドが数匹、襲いかかってくるが、一刀のもとに斬り伏せると、僕はレイバリーに尋ねる。

「例のものは出来上がっていますか？」

「例のもの？」

「マンドラゴラ採取に使う道具です。先ほど蔦《つた》で編んでもらった」

「ああ、それならあるけど」

アーウィックは背中から縄状のものを取り出す。

先ほどの蔦で編んでもらった縄、とても即興で作ったとは思えないほど立派な仕上がりだった。さすがは森の民であるエルフ謹製である。

「さすがです。ならばそれを頂戴できますか」

「断る理由はないよ」

アーウィックは快く渡してくれる。

その様子を見てルナマリアはくすくすと笑う。なにがおかしいのだろうか。

「いえ、またウィル様の奇策を見られるかと思うと嬉《うれ》しくて」

「なるほど。でもまあ奇策というほどでもないよ」

「いいえ、きっと鬼謀を駆使されるはずです。それで私たちはなにをすれば？」

「段取りが善くて助かる」

ルナマリアを賞賛すると作戦を話す。

「僕は今からこの縄を使って罠を仕掛ける」

「犬用の罠か？」

「そうです」

「しかし、あの二つ名付きに通用するのか？　そんな貧弱な縄で」

「この罠は個体の大きさは関係ありません」

「どのような魔法を使えばそんなことが可能なんだい」

「それは秘密です。言ってしまったら面白くない」

「少年らしからぬ物言いだね」

「母の茶目っ気を受け継いだのかな」

女神ミリアの顔が思い浮かぶが、彼女独特の性格は一言では説明できないだろうと思った。

「レイバリーさん、それにアーウィックさん、ウィル様を信じてください。ウィル様がこのような表情をされているときに発案した作戦が失敗したことはありません」

「たしかに余裕を感じるね。で、あたいたちはなにを？」

「この策は途中、ヘルハウンドたちに邪魔されると失敗するかもしれません」

「あんたが二つ名付きとタイマンでじゃれ合える環境を作ればいいんだね」

「そういうことです」

「ならば任せておくれ。この大槌《おおづち》が火を噴くよ」

レイバリーはそう言い放つと回転を始め、大槌をぶん回す。そのまま襲いかかってきたヘルハウンドの群れを蹴散らす。アーウィックはレイバリーのために作曲した特製の戦歌《バトルソング》を唄う。

勇壮な歌が響く中、ルナマリアもショートソードで犬を切り裂く。

この三人、戦士の技量はそれぞれ素晴らしい上に、息もぴったりだった。

この三重奏《カルテット》を打ち破れる魔物などそうはいないだろう。ましてや犬ごときに突破できるものではない。ただし、化け物の犬ならば別だが。

ヘルハウンドが蹴散らされる中、突進してきたのは二つ名付きヘルハウンド、〝したたる血の魔獣〟だけは平然と突破した。いや、三重奏があえて見逃したのだ。

三重奏の一角、ルナマリアは森を駆け抜ける化け物の気配を感じてつぶやく。

「――ウィル様、どうかご無事で」

常日頃からウィルを賞賛するルナマリアであるが、結局、最終的には心配のほうが勝ってしまう。ウィルの最強さは何度も目にしてきたが、それでも〝もしも〟を想像してしまうのだ。無論、今までもしもになど至らなかったのだが。

ただそれが今後も永遠かは分からない。どんな英雄もひとつ判断を間違えば死に至ることもあるのだ。

――もしもウィルが死んだら。

この旅を始めてからときおり、そんな想像をするが、そのたびにルナマリアは胸を掻きむしられるように悶《もだ》え苦しむ。光を失ったときよりも凄《すさ》まじい闇を心に感じてしまうのだ。

だからそのようなことがないよう、いついかなるときもウィルを守ろうと誓うルナマリアであったが、そう誓ってからウィルに守られっぱなしのような気がしていた。

どんなときもルナマリアの窮地を救ってくれる優しい少年の顔を思い浮かべる。

彼は神々に育てられしもの、ルナマリアごとき巫女《みこ》が守るなどおこがましいのかもしれないが、それでも手助けすることくらいはできる。

今がそのときである。

ルナマリアは右手に持ったショートソードに力を込めると、ヘルハウンドを貫いた。

ウィルが〝策〟を実行できるように万全の態勢を整えるのだ。

それが今、ルナマリアにできる精一杯の助力であった。

†

仲間の協力を得て二つ名付きヘルハウンドとサシで対峙《たいじ》することができた。

彼らの勇気と献身に感謝しつつ、右手に縄を握り締める。

これから行う作戦はとても単純であるが、単純であるからこそリスクが大きい。なにしろこれからあの化け物の首にこれを巻き付けなければいけないのだから。

狂犬そのものの化け物を見つめていると、しゃべることができる聖なる盾が話しかけてくる。

『君は正気なの？　あの化け物の首に縄を付けるなんて』

「一応、まともなつもりだよ」

『無理ゲー過ぎる。それにあの化け物はこの程度の縄じゃ絞め殺せないよ』

「あいつを絞め殺せるのは体調が万全のローニン父さんとぶち切れモードのミリア母さんくらいだよ」

『それが分かってるならなんでそんな無意味なことを』

「無意味じゃないさ。ちゃんと意味があるんだよ」

そう言うと僕はダマスカスの剣で斬り掛かる。

戦闘態勢を整えていた二つ名付きヘルハウンドには通用しないが、それでもやつの出方を見ることはできる。注意深く、動きを観察しながら隙を窺うが、数分、観察してたどりついた結論は絶望だった。

「想像したよりも素早すぎる。それに隙もない」

先ほどの《閃光》魔法で怒り狂った二つ名付きに死角はなかった。もう一度、目潰しをして隙を作ることは難しそうだ。

「まいったなあ」

他人事《ひとごと》のように言うが、やつの攻撃は強まる。最初は盾と剣でいなしていたが、いつの間にか身体《からだ》の至る所から出血していた。

「まずい。作戦どころか、死んじゃうかも」

『それは困るなあ。君が死んだら森の中で置いてけぼりだ』

「それについては深く謝罪する」

『謝罪は不要だよ。なんとかするから』

「本当？」

『本当、本当』

「ちなみにどうやって？」

『それは見てからのお楽しみ。だからボクを投げてごらん』

「わかった」

そのような言い方をされればただ従うしかない。僕は相棒である聖なる盾を投げ放つ。

聖なる盾は草原のダンジョンで手に入れた不思議な盾。しゃべることもできるし、知能もある。それにとても強い力も。代表的な力は、投げると意思で以《もっ》て帰ってくる力だ。大抵の人間は盾がブーメランのように戻ってくるなどと想像しないものだから、虚を衝《つ》くことができる。

ただ、二つ名付きのヘルハウンドは野生の生き物、そうそう虚をなど衝けないはずだが。

そんなことを思いながら投げた聖なる盾の挙動を見るが、案の定、彼女の初撃は横移動でひょいとかわされる。――となると帰りの一撃、ブーメラン攻撃が頼みの綱であるが、二つ名ヘルハウンドはその攻撃も予想しているようだ。後方に注意を払っている。

やはりお調子者の盾の大言壮語など信じず、自ら道を切りひらくしかないか――、そう思ったとき、聖なる盾は思わぬ行動に出る。

『ボクの攻撃パターンがシールド・バッシュとブーメラン攻撃しかないと思ったら大間違いだよ』

聖なる盾は声高にそう宣言すると、まばゆく光り出した。

『簡易魔法《インスタント》ならば僕も使えるんだから』

そう彼女もまた《閃光《せんこう》》の魔法が使えるのだ。

さすがの二つ名付きも、このような小さな鉄の塊が魔法を使えるなどとは思わなかったのだろう。本日二回目の閃光を受けてしまう。

しかし二回目の閃光はさすがに目を閉じることには成功したようだ。また聖なる盾の閃光はそこまで強力ではないので、視界を奪えたのはほんの十数秒だった。

「それだけあれば十分だけど」

僕はダマスカスの剣を鞘《さや》に納めると、腰に括《くく》り付けていた縄を取り出す。それを二つ名付きの首に掛ける。

これで僕の策略の準備は整った。

そのことを話すと聖なる盾は、

『ほへ……？』

素っ頓狂な声を上げた。

『こんなもんで準備は終わりなの』

「最後の仕上げは残っているけど、あとは任せて」

僕は再びダマスカスの剣を抜くとやつをけしかける。

「ええと、こういうときはローニン流罵倒術を使えばいいのかな」

神々の家では基本、汚い言葉は禁止だ。ミリア母さんはお上品に僕を育てたかったらしく、ローニン父さんが汚い言葉を吐くと、やっとこを持ち出し、威嚇する。しかし、ローニン父さんは男は汚い言葉を覚えていくものだ、とたまに講座を開いてくれた。

「敵を罵倒して誘い出すときに、汚い言葉を使えば効果てきめんだからな。たったの一言がときには万の軍隊にも勝るときがあるんだぜ」

偉そうに言うローニン父さんだが、たしかにその言葉は正しい。事実、僕は罵詈雑言《ばりぞうごん》によって二つ名ヘルハウンドの怒りの導火線に火を付ける。

「うすらデカいだけのアホ犬。三遍回ってワンをしたら骨をあげるよ」

その言葉に二つ名付きは全身の毛を逆立てる。

もちろん、犬語で言ったから通じたのだが。

実は僕は犬語が得意だ。幼いころから狼《おおかみ》のシュルツと一緒に育ったため、ナチュラルに彼らの言語を使うことができる。

自然豊かなテーブル・マウンテンで育ったことが今さらながらに役立った。

神々の教育方針もまた役に立った。

人生のすべてが勉強であることを思いだした僕は改めて彼らに感謝すると、そのまま二つ名付きを想定の場所へ誘《いざな》った。

想定の場所とは先ほどルナマリアとやってきた場所だ。

聖なる盾は、

『巫女さんと乳繰り合った場所だね』

と揶揄《やゆ》するが、完全に無視をすると、そこにある〝とある〟ものに縄を掛ける。これでとあるものと二つ名付きは繋《つな》がれたわけだ。

『わお、連環の計だね』

「難しい言葉を知っているね」

『えっへん、これでもボクは盾界の博士キャラで通っているんだよ』

レベルの低そうな業界だ。口には出さずにそう思うと、僕は最後の調整に入る。

右手に魔力を込めたのだ。

『おお、やっと禁呪魔法』

「そう。でも意味もなく温存していたんじゃないよ。このときのためにとっておいたんだ」

『今なら一撃でやれるの？』

「違う。どんな状態でも一撃では難しい。でも、今ならばやつの両足くらい、凍り付かせることができる。やつから機動力を奪える」

そう断言すると僕は詠唱に入る。


「大気に流れる無尽蔵の水脈よ。

凍《い》てつく風と婚姻し、忘却の真実を語れ。

猛《たけ》り狂《くる》う獣に、静寂の裁きを与えよ‼」


古代魔法言語で詠唱したとき、空中の水分が氷結し始める。辺りにダイアモンドダストが舞う。氷の女王が演舞し始めると、周囲の温度は急激に下がる。僕の右手から青白い魔法の波動が流れ始め、解き放たれる。

それはまっすぐに二つ名ヘルハウンドを襲う。

最初、彼は魔法を避けようとしたが、すぐに魔法の速度、追尾性の優秀さを悟ると、防御態勢を取る。

「獣のくせになかなか勘がするどい。——でも防御は悪手だったかもね」

無理にでも避けるべきだった、というのは結果論だろうが、世の中最善手を選択し続けられるものではない。

この巨大な魔獣、森の王者も年貢《ねんぐ》を納めるときがきたのだ。

前足に僕の魔法《真氷結》を受けた二つ名付きは即座に氷漬けになる。

前足二本が氷に包まれる。

後ろ足は健在であるが、前足を封じられた獣の機動力は極端に下がる。

『ここで一気に勝負を付けるんだね、ウィル』

闘志満々で語りかけてくるが、彼女の予測はハズレだ。

『え？　じゃあ、どうするの？』

「こうするのさ」

聖なる盾をぎゅっと摑《つか》むと二つ名付きヘルハウンドに背を向ける。

「三十六計逃げるにしかず」

『格好付けているけど要は逃げるんじゃん』

「戦略的撤退だよ」

『ま、ちゃんと逃げ切れるように機動力を奪っておくあたり、抜け目ないけどさ』

「分かってるね」

そう言い切ると脱兎《だっと》の如《ごと》く逃げる。

風と一体化するような速度で逃げたのには理由がある。

ひとつ、二つ名ヘルハウンドの機動力を封じたが、それは完全ではないこと。やつの後ろ足は健在だった。それにやつの周囲にはヘルハウンドの群れが集まっていた。その数はなかなかに脅威だったのだ。

ふたつ、やつが移動した瞬間、やつは自分に死刑宣告をすることになるから。

みっつ、やつが死ぬのと同時にこの空間は〝死〟に満たされるから。

『え？　死に満たされるってどういうこと？』

「こういうことだよ」

〝死のゾーン〟からある程度離れたことを確認すると、僕は偵察に行ってきて、と聖なる盾を投げる。

『あいよー』

すると聖なる盾は先ほどまで僕たちが居た場所に飛んでいく。

そこにあったのは衝撃の光景だった。

『……なにこれ、みんな死んでる』

聖なる盾のイージスは言葉を失う。

『………………』

見渡す限り、あるのは犬の死体だった。大量のヘルハウンドが口から泡を出し、痙攣《けいれん》していた。

『これってどういうことなの？　ウィル』

聖なる盾は混乱気味に尋ねてくる。僕は《念話》で彼女に種明かしをする。

「マンドラゴラについては話したよね」

『さっきルナマリアたちに説明しているときに聞いた』

「マンドラゴラは呪われた植物、その根っこを引っこ抜くと絶叫を上げる。その絶叫を聞いたものは《即死》するんだ」

『あ！　もしかしてこいつらが聞いたのは⁉』

「そういうことだよ。二つ名付きヘルハウンドの首に縄を付け、縄の反対側はマンドラゴラに付ける」

『そうして時間差でその場から離れる』

「そうすれば僕たちがいなくなったころに二つ名付きがマンドラゴラを引き抜いて、自滅してくれるってわけ」

締めくくりの言葉を聞いたイージスは、

『すごい、すごい、ごいすー！　ウィルは天才だ！』

と褒めそやしてくれた。

「褒めるのはあとにして、肝心の二つ名付きの死を確認してくれないかな」

『あ、そうだった。ええと、でっかいわんちゃんは』

一番デカい死体を探すと、すぐに目に飛び込んでくる。

ヘルハウンドの死体の中心に一際《ひときわ》大きい死体がひとつ。

それが二つ名付きの〝したたる血の魔獣〟だった。

彼はまるで剥製になったかのようにその場に突っ伏していた。

『お！　これはもしかして大勝利⁉』

気の早いイージスは大声を上げるが、その途中、二つ名付きはびくりと身体《からだ》を震わせる。

『……ひ、ひえー。まだ生きてるの？　もしかしてこいつ不死身？』

慌てるイージスを落ち着かせるため、僕は即座に戦場に向かうと、盾を装着する。そして剣を抜き、やつと対峙《たいじ》するが、結局、その剣を振るうことはなかった。

やつは僕と目を合わせると、そのまま焦点を失い、倒れ落ちる。顔中の穴から血を流す。どうやらやっと《即死》の呪いが十全に効果を発揮したようだ。

「マンドラゴラの即死はすごいな。どんなやつもイチコロだ」

『それを利用するウィルもすごいよ』

すごいよ、すごいよ、ごいすよー、と続くが、いつまでも漫才を続けているわけにはいかない。二つ名付きの死を確認した僕は、ルナマリアの救援に向かおうとしたが、それは実行できなかった。

なぜならばルナマリアのほうからやってきてくれたからだ。

彼女は、

「ウィル様、ご無事ですか？」

と僕の胸に飛び込んでくる。

なんでも途中、何匹もヘルハウンドを取り逃がしてしまったらしい。僕が苦戦していないか、とても不安だったようだ。

「取り逃がしたやつらは《即死》で一撃だったよ。まさしく一石二鳥ってやつだ」

「この死体は……」

『全部ウィルがやっつけたんだよ』

と盾は言うが、彼女の言葉は僕以外に聞こえないので、マンドラゴラでやつらを倒したことを伝える。ルナマリアは僕の策に心底驚き、感激してくれた。

「ウィル様ならば凄い作戦を考えていると思いましたが、想像以上の策です。まさかマンドラゴラをそのように利用するなんて」

ドワーフのお姫様のレイバリーも同意する。

「ほんと、信じられない坊やだよ。神々の子供ってのはみんなこんなに賢いのかね」

神々の子供の知り合いはいないので、なんとも言えないが、このような小細工が上手《うま》い人物はそうそういないだろう。しかし、そのことは誇らず、二つ名付きが引き抜いてくれたマンドラゴラを手に取る。

僕らの目的は犬退治ではない。このマンドラゴラを使ってとある秘薬を作ることなのだ。さっそく、その秘薬を作りたかった。

僕はその場で火を起こし、調剤道具を取り出す。

「そんなものを持ち歩いているのかい？」

「治癒の女神の息子ですから」

「そういえばそうだった。女神ミリアの秘蔵《ひぞ》っ子《こ》だね」

「世界中の人々に自慢したいと言ってましたから、秘蔵ではないですが……」

無論、そんなことをされたら堪《たま》らない。

「だけど母さんの教えによって秘薬クラスの薬も野外で作れるようになりました」

通常、秘薬を作るには工房や研究所クラスの設備がいるが、ミリア流薬学術にはそんなものは不要だ。

「薬はあいじょー!!」

ぼよん、と胸をゆらしながらミリア流薬学術の真髄を説いてくるミリア母さんの顔が浮かぶ。

そのままその胸で窒息させてこようとするので、その幻影を打ち払うと、僕はマンドラゴラをすり鉢の中に入れた。

「マンドラゴラはとても繊細な植物で、ゆっくりすりおろさないと薬効がなくなってしまうんだ」

「恐ろしい姿の割には繊細なんですね」

「その代わりあらゆる植物の中でも五指に入るほど薬効が高い。これから僕が作る薬には必須なんだ」

「それなんだが、ウィル、あんたはいったい、どんな薬を作る気なんだい？」

「我々を救ってくれる薬と聞いたが」

「それだけではありません。エルフとドワーフを仲直りさせる薬とも聞きましたが」

「精神を操るのか？　邪悪の魔術師のように」

「まさか、そんなことはしませんよ。彼らにお灸《きゅう》をすえるだけです。自分たちの無理解な心が本当に大切なものを失わせる。それを理解してほしいだけです」

そう言い切ると、彼らに秘薬の効果、作戦の内容を披瀝《ひれき》した。

僕の言葉を聞いたレイバリーとアーウィックは言葉を失う。

「…………」

「そんな作戦があったのか。思いもしなかった」

「なんて知謀なんだい」

ふたりはそう漏らすが、ルナマリアだけは自信満々だった。

「私はウィル様のことを信じておりました。さすがはウィル様、その知謀は謀神《ほうしん》がごときです」

「小賢《こざか》しいとも言うけどね。まあ、この辺は魔術の神様ヴァンダル譲りということで」

師父であるヴァンダル父さんに感謝の念を送っていると、件《くだん》の秘薬が出来上がる。

これをこの場で飲めば万事解決――、するわけではなく、これを飲むには場所が大切であった。僕たちはそのまま魔獣の森を抜け出すと、大地母神の街道へ続く街道へと戻る。

街道へ戻り、北上する。三日ほど歩くと、遠くから大きな建物が見える。

「……先日まであのような建物はなかったはずだけど」

僕が訝《いぶか》しがっていると、ルナマリアが尋ねてくる。

「ウィル様、どうされたのですか？」

「いや、先日まで検問所があったところに砦《とりで》のような建物があるんだ。まさかこんな短時間に建て替えたわけではないだろうに」

「そんなに立派な建物なのですか？」

ルナマリアは目が見えないのだ。空気の流れによって建物の構造などを見分けることはできるが、さすがにここまで離れているとその技も使えないようである。

「うん、ちょっとした砦。いや、小城かな。土台が石造りで、立派な堀もある」

「まあ、それは。しかし、先日まで粗末な建物しかありませんでしたが、なぜ、急に」

「もしかして道を間違えたかな」

「その可能性は低いと思いますが」

「だよね。ここは一本道だし」

「もしかしてタヌキにでも化かされているのでしょうか」

「ルナマリアのところではタヌキなんだね。テーブル・マウンテンでは狐《きつね》って言っていた。——まあ、どちらにしろ朝起きたら肥だめの中というのは厭《いや》だなあ」

そのような会話をしていると、「ふははは」という笑い声が耳に飛び込んでくる。

なにごとかとその声の主を見ると、ドワーフのお姫様がどっしりと笑っていた。

「あっはっは、常識知らずの少年だと思っていたが、やっぱりドワーフの凄《すさ》まじさは知らないようだね」

「ドワーフの凄まじさって、もしかしてあの砦はドワーフが建てたのですか」

「もちろんさ」

「まだ往復で一週間も経《た》っていませんが」

「三日あればドワーフならば町だって作るさ。ましてや土のドワーフ族は名建築家揃《ぞろ》いなんだ」

「すごい。神々の神殿は十年掛けて作ったのに」

「うちの里に依頼してくれれば一ヶ月でもっと立派なものを建ててみせるよ」

誇らしげに言うレイバリー。

アーウィックも同意する。

「エルフ族とドワーフ族は犬猿の仲だが、両者が協力すればこれくらい朝飯前だ。ドワーフが設計し建築する。エルフは良い《い》木々と石材を探し、精霊の力で運搬する」

「夢のコラボレーションですね」

「だね。こんなときでもなきゃ共同作業なんてしないけど」

「もしも今回のことで互いの誤解が解けたら、一緒に建築業を始めるといいかもしれませんね」

ルナマリアがにこりとまとめると僕たちは砦のような検問所に向かった。

そこには長蛇の列ができている。

神殿におもむくものすべてを精査しているようだ。行商人の瓶の中まで検査している。

まあ、たしかに魔術の神クラスの魔力があれば、瓶の中に入り込むくらい造作もないが。

しかし、今回はそのような姑息《こそく》な手段で検問を突破するのではなく、この検問所自体を無意味なものにしたかった。

以後、このような馬鹿なことを両種族にさせたくなかったし、それにアーウィックとレイバリーの結婚を祝福してもらいたかった。

だから僕は事前の打ち合わせどおりに茂みの中でレイバリーを縛り上げると、そのまま検問所に連れて行った。

検問所にはドワーフ族がいたため、すぐに騒然とした空気に包まれる。

「おお、姫だ。我らが姫だ」

「にっくきエルフに拐《かどわ》かされたレイバリーがおるぞ」

「検問所を作った甲斐《かい》があった」

ドワーフたちはすぐに駆け寄ってくるが、レイバリーが縄で繋《つな》がれていることに不快感を示す。僕はあらかじめ用意していた言い訳を披露する。

「前の宿場町でこの娘が手配されているのを見ました。逃がしたくないので縄で縛りましたが、危害は加えていません」

ドワーフたちは僕ではなく、レイバリーの顔を見るが、彼女は「ふん」と同意した。

「……まあ、この際、姫様が戻ってくればどうでもいい。少年、よくやった。手配書にあった懸賞金を渡そう」

ドワーフのひとりが革袋から砂金を取り出すが、僕はそれを固辞する。

「いえ、まだいりません」

「なんと、ならば無料でいいのかね」

「いえ、こちらとしても骨を折って捕まえたのですから、まだ渡すわけにはいかないということです」

「どういうことだ？」

「そのままの意味です。この娘をさらったエルフの王子、彼にも懸賞金が掛けられている。この娘を手元に置いておけば彼がやってくる。それを捕縛すれば彼の懸賞金も貰《もら》えます」

「そんなのはどうでもいい。我々に必要なのはレイバリー姫だけ」

ドワーフはそう主張するが、当然、エルフは反発する。

「貴様ら、盟約を破るのか。姫も王子も捕まえるときは一緒、どちらかを捕まえても残りは最後まで捕縛に尽力すると誓ったではないか。ドワーフは盟約を守らない種族なのか」

そのような物言いをされれば誇り高いドワーフ族も我《わ》が儘《まま》を言うことはできなかった。

その様子を見た僕はレイバリーを縄から解放すると、エルフとドワーフが共同管理する牢屋《ろうや》に入れてもらう。レイバリーはそれに従う。

牢屋に入るとき、レイバリーは、

「……こんな手間いるのかね」

と小声で僕にささやくが、僕は肯定する。

「……なにごとも演出は大事です。囚《とら》われの姫様、それを颯爽《さっそう》と救う王子様、そういったものに大衆は感動するのです」

「やれやれ、案外、あんたも稚気に溢《あふ》れてるんだね」

「神々の息子ですから」

と、はにかむと僕は彼女に意図を話した。

「数日後、アーウィックさんが助けに来ますから、それまでドワーフたちから出される食事に手を付けないでください」

「悲劇性を演出するんだね」

「そうです。大食漢であるあなたが食事もとらずに痩せ細ればドワーフもその思いに気が付くでしょう」

「いい演出だと思うが、あたいは本当に大食らいなんだが」

「大丈夫です。おなかの減らない薬を作りましたから」

そっとレイバリーに渡すが、彼女はそれを握りつぶす。

「いらない。アーウィックと逢《あ》えない時間は本当につらいからね。食欲もなくなる。それに〝例〟の薬は胃になにも入っていないほうがいいんだろう？」

「はい。そのほうが効果が長持ちします」

「ならば絶食しよう。アーウィックも食べないのだから、あたいもそのつらさに堪えないと」

「立派な考え方です」

賞賛すると彼女と別れ、時間が経過するのを待った。

その間、ドワーフたちはボクを賓客として遇してくれたが、宗教的な断食《だんじき》を理由に出される食事は断った。

夜中、何度もおなかがなるが、レイバリーとアーウィックが断食をしていると思うと、僕だけご飯を食べる気にはならなかった。

左手の聖なる盾は、

「君は本当に見上げた少年だね」

と褒《ほ》め称《たた》えてくれた。

「ルナマリアのほうが立派だよ」

おそらく、彼女はこの作戦が成功するまで、食べ物はおろか水まで断つことは疑いない。一日中、作戦の成功を祈っていることも間違いなかった。

こうして数日が経過する。ドワーフたちが落ち込む姫の様子に心を痛め、その姫の胃袋が空っぽになった頃を見計らって、王子は現れた。彼は堂々と砦の前に現れ、名乗りを上げる。

「私の名はアーウィック。西のエルフ族の族長シンテュランの息子。愛《いと》しき姫君を奪還しにきた」

その勇壮な物言いにドワーフたちは、「なにを！」と反感を持ったが、エルフたちは内心、さすがは我が王子と思った。ただし、エルフたちも彼の帰還を望んでいたので、全力で捕縛しようとするが。

ドワーフとエルフたちは武器を持って砦の外に出るが、僕はその瞬間を見計らって、レイバリーの牢《ろう》の鍵を開けた。そのまま何食わぬ顔で彼らの後ろに続くと、アーウィックの大立ち回りを見学する。

細身の剣で戦闘をしているアーウィック。ドワーフもエルフもアーウィックを殺すことを目的としていないから、なかなかもどかしい戦闘が続いていた。

ただ、数に勝るエルフとドワーフ、次第に戦況は悪化していく。

とあるドワーフのハンマーがアーウィックのレイピアをへし折り、戦闘力を奪う。そのまま投げ縄で捕縛しようとするドワーフたちだが、それを切り裂くはルナマリア。

彼女は見事な袈裟《けさ》斬りで縄を両断する。

戦女神のように声を張り上げるルナマリア。

「我が名はルナマリア。大地母神教団の巫女《みこ》なり。義と愛により、この諍《いさか》いに介入する！」

凜々《りり》しく言い放つルナマリアにエルフは言う。

「大地母神教団は俗世の争いに介入しないはずではないのか」

「ここは大地母神教団が管理する街道。そこに勝手に砦《とりで》を築いておいてその言い草は看過できません」

「……だからやり過ぎだと言ったんだ」

エルフは怨《うら》みがましい眼《め》でドワーフを見るが、ドワーフは「ふん」と無視をする。

「今さら言っても始まらない。ええい、小僧と巫女ひとりになにを手間取っておる。ふん縛るのじゃ！」

ドワーフは勢いよく言い放つ。まるで悪代官のようだが、物語に出てくる代官ならば、ここいらで裁きを受けるべきであった。僕はお約束が好きなので、それを激しく望んだが、レイバリーも同じ考えを持っていたようだ。

絶妙のタイミングでアーウィックを捕縛しようとしたドワーフを蹴飛ばす。

「レイバリー！」

アーウィックは美しい声を弾ませる。

「アーウィック！」

レイバリーは太いが、愛情に満ちた声で呼び返す。

そのままふたりはしばし自分たちの世界に入るが、ルナマリアが軽く咳払《せきばら》いすると、自分たちの役目を思い出した。

彼らは手を握り合うと、殺気立つエルフとドワーフたちに向かって言った。

「エルフにドワーフたちよ、剣を納めよ」

その声は威厳に満ちていた。さすがは族長の子供たちである。一瞬、エルフとドワーフは攻撃の手を緩めるが、すぐにこう言い放つ。

「アーウィックよ、無駄な抵抗は止めろ。おまえたちのおかげで我らがどれほどの苦労を強いられたか。あのいけ好かないドワーフたちと行動をともにしなければならないのだぞ」

「案外、息が合っているぞ」

冗談を返すと、エルフはむすっとする。

「レイバリーもだ！　エルフなどと駆け落ちしおって。ドワーフ族の恥さらしぞ」

「愛に種族は関係ないのさ。ていうか、みんなだって本当は気が付いているんだろう。ドワーフとエルフが仲良く手を携えることができる可能性に」

「そんなものはない」

「そうかい？　ならばこの砦はなんなんだい？　いくらドワーフが建築に長《た》けているからって、こんな立派なものを一週間で作り上げるなんて不可能だろう」

「むむ」

「それができたのはエルフ族の協力のおかげだよ。エルフ族が良質な木々を見つけてくれたから、それを運搬してくれたから。精霊を使役して建築を手伝ってくれたからだろう」

「…………」

「そうだ、この砦こそが証拠。我がエルフの民よ。おまえたちも気が付いているのだろう。ドワーフが寡黙だが、働きものであることを。誤解されやすい種族であることを。一緒にいて気が付いたはずだ。その朴訥《ぼくとつ》で誠実な性質に」

「…………」

言葉を失う両種族。たしかにこの数ヶ月、共に捜索を続けてきたエルフとドワーフ族。連携作業をすることによって、友情の又従兄弟《またいとこ》のようなものが芽生え始めていたのは事実だった。

両者、互いの仕事ぶりを認め合っていたのだ。エルフはドワーフの手先の器用さを尊重するようになり、ドワーフはエルフの自然の恵みを利用する知恵に敬意を持つようになっていたのだ。

何百年もいがみ続けてきた両者だから、容易に和解はできないだろうが、変わる切っ掛けは摑《つか》むことができる。そのように思い始めたものも多いはず。

それに賭けたアーウィックとレイバリーであったが、彼らの思いは早すぎた。

亜人と亜人がわかり合えるほど時代は成熟していなかった。

ドワーフは叫ぶ。

「姫様がなんと言おうと、エルフなどと仲良くできるものか」

エルフも大声を張り上げる。

「族長の息子とはいえ、いや、族長の息子だからこそその言葉は看過できぬ」

分かり合うどころか、互いに意地になる始末であった。

武器が互いの方向に向き始める。

このままでは和解どころか戦闘が始まる、そう思ったレイバリーとアーウィックは意を決したように懐《ふところ》に入れていた小瓶を取り出す。

「その小瓶はなんだ？」

とあるエルフが尋ねるが、アーウィックは正直に話す。

「これは毒薬だ。これを飲めば眠るように死ねる」

「な、なんだって？」

ドワーフは髭《ひげ》を震わせる。

「これを飲めばあたいたちはやっとふたりきりになれるんだね」

「ああ」

レイバリーとアーウィックは微笑《ほほえ》み合う。

「あたいたちが結ばれるには天国に行くしかないんだね」

「自殺したものは地獄に落ちるという宗教もある」

「地獄でもいいよ、あんたと一緒に居られるならば」

「私もだ。愛している、レイバリー」

「あたいもだよ」

ふたりはそう言うと小瓶の劇薬に口を付ける。

「ま、待て！　心中する気か」

「はやまるな！」

エルフとドワーフは必死に止めるが、愛という名の導火線に火が付いた若者を止めることはできなかった。ふたりは小瓶の中の液体を飲み干すと、口から血と泡を吐き出す。

それを見てドワーフとエルフは驚愕《きょうがく》の声を上げる。

「アーウィック！　なんて馬鹿なことを‼」

「吐き出させろ！　まだ間に合うかもしれん‼」

エルフとドワーフはふたりの喉に指を突っ込むが、焦点を失ったふたりの目に輝きが戻ることはなかった。

こうしてふたりは静かに息を引き取った。

服毒自殺をしたわけであるが、ふたりの指は絡《から》まったままほどけることはなかった。

とあるドワーフがそれを解きほぐそうとしたが、他のものたちがそれを止める。

「……やめろ。もう好きにさせてやれ」

「……命を賭《と》してまで添い遂げたのだ。我々に彼らを引き離す権利はない」

それが両種族の総意だった。

つまりふたりの死によってようやく悟ったのだ。

愛するものを引き離すことはできないということを。

彼らが本気だったということを。

自分たちがいかに愚かだったかということを。

アーウィックとレイバリーの死によってようやく目を覚ましたのだ。

それは遅すぎる覚醒だったのだろうか？

ウィルは涙を流し、肩を震わせているドワーフを見る。

天を見上げ、慟哭《どうこく》しているエルフを見る。

ふたりは幼き頃から両名に仕えてきた守り役だという。このような結末を一番望んでいなかったものたちだ。

いや、彼らだけではない。この場にいるものすべてが悲しんでいた。惜しんでいた。悔いていた。時間を戻したいと心の底から思っていた。

しかし、時計の針が逆回転を始めることはない。

ドワーフ族とエルフ族はしばらくふたりの側に寄りそうと、「我々は愚かだった」と嘆き、何日も死体に寄り添った上、共同で墓を作った。

遺体を持ち帰るという話もあったが、この気温では腐敗してしまうという意見が大勢を占めた。それにふたりは一緒に埋葬してやりたいというのが正直な気持ちだったようだ。

両種族総出で質素な墓を作り上げると、そのまま埋葬した。

ふたりに最後の別れを告げると、両種族はそのまま森と洞窟に戻っていった。

僕はルナマリアと共に最後のエルフが立ち去ったのを確認すると、アーウィックとレイバリーに別れを告げ、北進した。このまま大地母神の神殿に向かう旅を再開したのだ。

ふたりの死によって検問所が廃止された今、僕たちを阻《はば》むものはない。一週間ほど北上すれば神殿が見えてくるだろう。

——歩き続ければの話だが。

僕たちは二日ほど北上すると、反転する。そしてそのまま検問所があった場所まで戻ると、アーウィックとレイバリーの墓を掘り返した。

ルナマリアは墓を掘り起こす前、大地母神に祈りを捧《ささ》げ、許しを請《こ》う。

「おお、母なる地母神よ、私の行為をお許しください」

敬虔《けいけん》な信徒であるルナマリアに墓暴きは辛《つら》そうだ。僕はひとりでやる旨《むね》を提案するが、ルナマリアは毅然《きぜん》とした態度で首を横に振る。

「いえ、ウィル様にだけ厭《いや》な役を押しつけてなにもしないことこそ、地母神様はお怒りになるでしょう」

そう宣言すると穴を掘る速度を速めた。これは言っても無駄だと思った僕は早く厭なことを終わらせることで彼女の心の平安を案じた。

数分ほど墓穴を掘り返す。すると木製の棺《ひつぎ》が見つかる。ふたつだ。無論、そのふたつはアーウィックとレイバリーのものだった。

恐る恐る棺を開くとそこにあったのは死体だった。

実は生きていました、あるいは死体が忽然《こつぜん》と消えていましたというパターンはない。

ルナマリアは心音と脈を確かめているが、ふたりは見事に死んでいた。

ただ不思議なことにふたりの死体は腐敗していなかった。この季節だというのに腐る気配がまるでないのである。

なにか仕掛けがある。勘がいいものならばそう思うはずであったが、幸いなことにここには〝仕掛けを最初から知っている〟僕とルナマリアしかいなかった。

僕たちは余裕の表情で懐から小瓶を取り出すと、それを彼らに掛ける。

緑色の液体を掛けられた彼ら。すると数秒後にぴくりと身体《からだ》を動かす。

すぐに胸を上下させ、血色を取り戻していく。先ほどまでしていた土褐色の顔色から、青白い顔色、紅潮した顔色と見事に変化させていく。

耳のよいルナマリアには心地よい心音が聞こえているはずだった。

ルナマリアは心底嬉《うれ》しそうに僕を見つめながら、

「成功です、ウィル様」

と目を輝かせた。

「失敗なんかしないよ。ふたりの命が懸かっているからね」

片目をつむってウィンクすると、まず目を覚ましたアーウィックがきょとんとしている。

「記憶が混濁しているんですね。まあ、一週間近くも死んでいたんだから仕方ない」

「ここは……」

「そんなに？」

「アーウィックさんたちからしたら一瞬だったかもしれませんね」

ルナマリアはくすりと笑う。

「ああ、あたいたちはさっき毒薬を飲んだ感覚だよ。まだ口元に苦みが残っている」

「それは幻覚、いや、幻味ですね。ともかく、マンドラゴラの〝仮死薬〟は効果抜群だったみたいだね」

「……仮死薬」

アーウィックはそうつぶやくと記憶の糸をたぐっているようだ。数秒ほど目をつむると、はっとした表情をする。

「は⁉　そうだった。私たちは頑迷なエルフとドワーフたちの蒙《もう》を啓《ひら》くために死んだ振りをしていたんだった」

「そんなことも忘れてたのかい？」

「薬の副作用でしょう。無理もありません。仮死状態になっていたのですから」

ルナマリアは擁護する。

「あたいはなんともないけどね。ま、戻ったからいいけど。ところで肝心のあいつらの蒙は啓けたのか？」

それについてはルナマリアが説明する。

「あなたたちを追っていたエルフとドワーフたち皆、深く後悔していました。何日も死体に寄り添い、涙を流していました」

「そうかい。そう聞くと胸が痛いね」

「ならば今戻れば、我らのことを理解してくれるだろうか」

「ですね。今戻れば、きっと彼らは別の答えを用意してくれるはず。しかし、そんなに急がなくてもいいでしょう」

「だね。せっかく、自由になったんだ。しばらくふたりきりで旅をしようじゃないか、アーウィック」

「しかしおまえ……」

「私もそれに賛成です。もしも両種族に認めてもらっても、どちらかの里で人生を送るのでしょう？　夫婦水入らずは今だけかもしれませんよ」

「なるほど、それは一理ある」

納得したアーウィックは、僕の手を力強く握る。

「なにはともあれ、ありがとう、ウィル」

「気にしないでください。これから大地母神の神殿に行くのです。大地母神は婚姻の神様。愛のキューピッドをしておけば神様も喜びましょう」

「その通りです。ウィル様はもしかしたら大地母神の寵愛《ちょうあい》を受け生まれてきたのかもしれません」

ルナマリアは嬉しそうに言う。

「剣の神に魔術の神、治癒の神に万能の神に大地の神様の寵愛か。おなかいっぱいになりそう」

「エルフとドワーフの神様にも愛されるよ、きっと。狩人《かりゅうど》の神と鍛冶の神様だ」

「さすがに多すぎるかな」

僕がそう言うと皆は「違いない」と笑う。

その後、しばし四人で歓談すると、別れのときが訪れる。

アーウィックとレイバリーは荷物をまとめると、街道を南進する旨を伝える。

「ウィルのお勧め通り、ちょっと温泉にでも浸《つ》かりながらゆっくり帰るよ」

新婚旅行ってやつさ。レイバリーは幸せそうに微笑《ほほえ》む。

僕たちは彼らの旅の無事を祈ると、そのまま北進した。

今度こそ大地母神の神殿に向かうのだ。

互いに名残惜しかったが、これが永遠の別れではなかった。寂しさの中にも希望に満ちた歩みをしながら互いに遠ざかっていった。彼らの背中を何度も見たが、異種族との間に芽生えた愛情を見るのは麗《うるわ》しかった。山育ちの僕には結婚願望などなかったが、彼らを見ていると結婚もいいものだと思ってしまう。ちらりとルナマリアを見るが、彼女も同様の感想を抱いているようだった。

「愛に種族は関係ない。種族の壁さえ突き動かす。もしかしたら有機物と無機物の間にも成立するかもね」

彼らを見ているとそんな夢物語のようなことも実現するような気がした。

余談。

レイバリーとアーウィックは一年後、互いの里に戻る。

一年も掛かってしまったのは、「死んだ」と思わせる効果を高めるため——ではない。

里に帰れない事情が発生したのだ。

それはトラブルではなく、慶事だった。なんとレイバリーは妊娠していたのだ。アーウィックの子を身ごもっていたのである。

レイバリーはドワーフの中でもぽっちゃりしていたから、本人さえも妊娠に気が付かなかったのだ。

大地母神の前でお祈りを捧げなくても懐妊したわけである。

普通、ドワーフとエルフの間に子供はできにくい。ふたりが頑張った証拠でもあり、ふたりの愛が本物である証拠でもあった。

里のものたちはその〝証拠〟を見たとき、どう思うだろうか。

それは不明であったが、アーウィックとレイバリーは途中の村で出産すると、母体と子供が安定してから、里に戻った。

——里のものたちは、ふたりとふたりの愛の結晶を快く迎え入れることになる。

第二章　交易都市シルレ

†

大地母神の神殿へ続く道を丸一日ほど歩く。いったい、この道を何度歩いたことか。

エルフの王子様とドワーフの姫のシェイクスピア調の駆け落ちに巻き込まれてしまった僕たちは、かなりの時間を浪費してしまった。

「まあ、時間制限がある旅ではないけれど」

それにふたりが幸せになったのだから、なんの問題もない、と思っているとルナマリアが難しい顔をしていることに気が付く。

「どうしたの？　ルナマリア」

「いえ、なにか厭な予感がしまして」

「厭な予感？」

「はい。この道は何度も歩いていますが、このように不吉な大気の動きは初めて感じました」

「不吉な大気の動きか」

空を見上げればたしかに空の色が変だった。今にも雨が降りそうなのに一滴も雨が降っていない。生暖かい風、それにどんよりとした雲が不安をかき立ててくる。

またルナマリアは神様から託宣を受け取れる巫女《みこ》様でもあった。

未来を見通せる不思議な力を持っているのだ。

そんな彼女が負の予感を覚えるとは、とても不吉なことだった。

ルナマリアの直感をなによりも信頼する僕は、予定よりひとつ前の宿場で宿を取ることにした。そこで天候の回復を待ってから北進することにしたのだ。

その判断は正しかったのだろうか。

──少なくともその判断によって僕たちの神殿行きが大幅に遅れたのはたしかだった。

宿場に留まったことにより、とある家の使者と出会うことになってしまったからだ。

その使者とは、『ヴィクトール商会』の執事であった。

かつてヴィクトール商会のお嬢様カレンを助けるために一緒に剣を振るったこともある執事が、宿場にやってきて僕たちに面会を申し出てきた。

彼は僕を見るなり、

「おお、ウィル様、やっと見つけましたぞ」

と涙した。僕の立派な姿に感動しているとハンスさんは付け加える。

「男子三日会わざれば刮目《かつもく》して見よ、その言葉の意味を今、噛《か》みしめております」

「大げさですよ。――しかし、ハンスさんどうしたのです？　その格好……」

見ればハンスさんの執事服はボロボロであった。ヴィクトール商会の屋敷《やしき》にいた頃はこのような格好をすることは決してなかった。誰よりも身だしなみを気にする人だったのだ。

それがこのようなぼろ雑巾のような格好、尋常ではない。

僕の言葉で自分の使命を思い出すハンスさん。彼は汚れた執事服には言及せず、単刀直入に現状を説明し、助けを求めてきた。

「ウィル様、どうか我らヴィクトール商会を、交易都市シルレをお救いください――」

必死の形相、薄汚れた格好、困窮を極めた言葉に、ただならぬ気配を感じた僕たち。

事実、執事のハンスさんはその言葉を言い終えると倒れてしまう。

不眠不休でここまでやってきて僕を探し出したようだ。

ルナマリアは慌てて回復魔法、それに滋養強壮の薬を飲ませる。

すぐに大事ないと分かるが、それでも丸一日ほど安静にさせると、翌々日、僕たちは執事のハンスさんから詳しい話を聞くことにした。

ヴィクトール商会とはミッドニア王国の北部に勢力を持つ商会のひとつだ。主に材木や石材を扱い、それらを販売輸出することによって巨万の富を築き上げた。

僕とどのような関わりがあるかというと、僕とルナマリアが旅を始めた当初、ライバルの商会に雇われた傭兵《ようへい》に襲われていたご令嬢を救出したのだ。

ヴィクトール家の当主は大変感謝してくれて、以後、僕に惜しみなく援助をしてくれていた。

僕が自由に歩き回れるのは、ヴィクトール商会の発行した通行証があるからだ。それにヴィクトール商会の支社がある街では、食料や情報などふんだんに与えてもらっていた。

僕の大切な支援者なのだが、その支援者が困っているとは、いったい、なにがあったのだろうか。

体調を回復させた執事のハンスさんに問う。

「それなのですが、お嬢様の命が危ういのです」

「カレンの身になにかあったのですか？」

「はい。このままだとお嬢様は海神の生け贄《いにえ》に捧《ささ》げられてしまいそうなのです」

「海神の生け贄――」

「それは穏便ではありませんね」

　眉をひそめる。

「交易都市の重要な航路が、海神の怒りに触れて途絶えてしまったのです。それを鎮《しず》めるために生娘をひとり、生け贄に捧げることになりまして」

「それに選ばれたのがカレンってわけですね」

「はい――」

　悔しい表情を滲《にじ》ませるハンス。

　なぜ、名家であるヴィクトール家の娘が選ばれたのかは分からないが、このまま見過ごしていい事態ではない。僕はカレンを救う旨《むね》を老執事に伝える。

「誠ですか⁉」

「当たり前です。ヴィクトール家には少なからぬ恩義があります」

「有《あ》り難《がた》いことです」

　このことを予期していたルナマリアはすでに荷物はまとめてある旨を伝えてくる。さすがに手際《てぎわ》がいいと褒めると、彼女はにこりと返答する。

「ウィル様がヴィクトール家の危機を見捨てるとは思えませんでした。ですからハンスさんが寝ている間にすべて用意しておいたのです」

「ごめんね。また里帰りが遠のく」

「気にされないでください。大地母神の神殿は逃げません」

冗談めかして言うルナマリア。

「たしかに」

「それに交易都市に行くのはいいかもしれません。交易都市ならば色々な情報が集まります」

「ゾディアック教団の情報も手に入るかもしれない、ということだね」

「そういうことです」

「そうだね。前向きに考えよう。さて、じゃあ、このまま出発しようか」

「はい」

準備万端の僕たちはそのまま宿の代金を支払うと、東に向かった。

†

交易都市シルレはミッドニア王国の北東部にある。

メシリ湾という天然の良港に位置し、香辛料諸島や東方との貿易で潤っている。

風光明媚《ふうこうめいび》な港として知られ、旅人ならば一度はおもむきたいと言われる街である。

「ウィル様、とてもお詳しいのですね」

とはルナマリアの言葉だった。

「ヴァンダル父さんに習ったんだ。一度は見てみたいと思っていたんだけど、こんな形で訪れるとは夢にも思っていなかった」

「私もです。大地母神の神殿に来られた方が、よく帰りにそのまま新婚旅行することが多いのです。とても情緒ある街だと聞きました」

「時間があったら観光したいところだけど、今はゆっくりしているときじゃないからね」

馬車に揺られる執事のハンスさんの顔を見ると、彼も肯定する。

「このままアナハイム商会の別邸に向かってもらいます。そこにヴィクトール様がおられるので詳しい話はヴィクトール様に」

アナハイム商会の当主ヴィクトール、その名はとても懐《なつ》かしい。

僕が山から下りたばかりの頃に世話になった商会の当主、有能で思慮深い性格をしている。とても親切な人物でまたの再会を誓ったのだが、こんなにも早く会うことになるとは夢にも思っていなかった。

その機会を得た理由が彼の娘の危機というのは少し皮肉であったが、それでも彼と会えることは喜ばしいことであった。

僕はアナハイム商会の別邸におもむくと、そこにある執務室へ向かった。

応接室でなかったのは、ヴィクトールさんがとても忙しいからだ。

娘の危機ではあるが、彼はアナハイム商会の責任者。各地から山のように決済を求める書類が送られてくるらしい。

書類の山に埋もれながら、一枚一枚精読し、サインをするヴィクトールさん。僕たちが入ってきたというのにこちらを見る余裕すらない。

ただ僕との再会を喜んではくれているようで、

「申し訳ない。この書類に目を通し終えるまで待ってほしい」

と悠然とした口調で言った。

言われたとおりに待つと、彼は三分と二〇秒で書類を読み終え、サインをする。

「まあ、すごい」

とはルナマリアの感想。

たしかにあの分厚さの書類をこの短時間で読むのは凄《すさ》まじい。

しかし僕は彼よりも速読の人物を知っている。ヴァンダル父さんだ。

ヴァンダル父さんの書庫にある本の数は、六五五三六冊。

それらすべてを読み終えるには常人の速度ではままならない。

ヴィクトールさんの三倍の速度で読み終えるのがヴァンダル父さんの日常だった。

そのことを話すとルナマリアは心底驚く。

「そのような速度では頭に入ってこないのではないですか？」

「入ってこないと思うよ。だからヴァンダル父さんは本を読んでいるんじゃないんだ。記憶しているんだ」

「記憶……？」

「一ページ一ページを脳に焼き付けているんだ。印画紙のように記憶して、必要になったらあとで思い出しているんだって」

「まあ……」

口に手を当て驚くルナマリア。

「だからときたま、道を歩いていると本の内容を思い出して急に笑い出したり、お風呂《ふろ》に入っているときに魔術の定理を思いついたりして、裸で急に書き物を始めたりする」

「ふふふ、ヴァンダル様らしいですね」

「うん」

話が少しそれたが、ヴィクトールさんもおそらく、同じように書類を読んでいるのだろう。重要な箇所だけ記憶し、不要な部分は記憶していないに違いない。

この書類の山をすべて記憶していたら、どのように脳が大きくても必ずパンクするからだ。

そのように考察していると、ヴィクトールは微笑《ほほえ》みながら、見事な考察だと言った。

「長年、書類を決裁していたらそのような習慣が付いた。君のお父上のようにすべてを記憶することはできないが、要は重要な文言と数字だけ覚えていればいいのだ」

自分の仕事の仕方を惜しみなく披露すると、ちょうどいいタイミングで執務室にお茶が運ばれてくる。いつの間にか部屋を出た執事のハンスさんがメイドにお茶を持ってこさせたのだ。

さすがはプロの執事さん。感心するが、今はお茶よりもカレンの話をしたい。

そう提案するが、ヴィクトールは苦笑いを漏らす。

「いや、娘の危機と煽《あお》ってはいたが、今日明日どうなる問題ではないのだ。客人に茶を出す余裕はある。アナハイム商会を訪れたのだから、香辛料諸島から輸入した香辛料茶を飲んでほしい」

「ヴィクトールさんがそう言うのならば」

と言うとルナマリアは嬉《うれ》しそうにカップに口を付ける。

先ほどから嗅ぎなれぬ茶の匂いにそわそわしていたルナマリア。

鼻がいい上に、茶道楽趣味があるルナマリアにとって未知のお茶はとても興味深いようだ。時間に余裕があるのならば茶を一杯くらい飲む余裕もある。

僕はゆっくりとカップに口を付けると、香辛料茶を楽しんだ。

とても刺激的で、甘い味がした。テーブル・マウンテンでは味わえなかった味だ。同じく茶道楽のミリア母さんにも飲ませてあげたい、そう思った。

†

香辛料諸島特産の茶を嚥下《えんか》し終えると、ヴィクトールさんは本題に入る。

「まずは我が娘のために遠路はるばるやってきてくれたことに感謝する。やはり君は義に篤い男だな」

娘よりも年下の僕に深々と頭を下げるヴィクトールさん。

彼はこの国でも有数の大商人、しかも血統によってその地位に就いたのではなく、自身の力で勢力を伸ばした傑物だ。そのような人物が頭を下げるなど、なかなかできない。器が大きい証拠だった。

そのような人物が頭を下げっぱなしだと恐縮してしまうので、上げてもらうが、それでも彼は感謝の念を隠さない。

「いや、以前のガルド商会のときも助けてもらった。君がいなかったらこの椅子に座っていたのはやつらかもしれん」

「それは最悪の事態ですね」

「だろう。だからいくら君に感謝してもしたりない。それにここにきてくれたということは、また娘を助けてくれるということだろう？」

「当然です。カレンは僕の大切な〝友人〟ですから」

「友人か。私としては婚約者だと思っているのだが」

それはないです、と言うとさすがに気を悪くするだろう。

カレンと僕を婚約させて、アナハイム家の跡取りに、という話はずっと出ている話だった。そのつど、お断りしているのだが、彼はまだ諦めていないらしい。

「まあ、それはまた今度だ。このままでは君の嫁ではなく、海神の嫁になってしまうのだから」

「海神の嫁……たしかカレンさんは生け贄《いにえ》に捧《ささ》げられてしまいそうなんですよね？」

「そうだ。ハンスから概要を聞いていると思うが、詳しく説明しよう」

ヴィクトールさんはそう言うと、席を立ち上がり、僕の後方を指さす。

そこにはこの周辺の地図、いわゆる海図が書かれていた。

「ここが交易都市であることは君も知っていると思うが、交易都市というからには他の都市との交易によってなりたっていることは分かるね」

「はい」

「いくつもの線が延びていると思うが、その線が沖でひとつに交わっているだろう」

「ですね。島と島の間を通っています」

「そこがこの交易都市シルレの生命線だ。そこを通らねば九割の船は行き来できない。しかし、今そこを通ることはできない――」

ヴィクトールさんはそこで一呼吸置くと続ける。

「なぜならば今、現在、そこで海神が暴れているからだ」

「件《くだん》の海の神様ですね」

「そうだ」

「神様がそんな悪いことをするのですか？」

というのはルナマリアの素朴な疑問であったが、ヴィクトールは「はっは」と笑う。

「神様がすべてウィル君の父母のように善良なわけではない。それにそいつは海の神となっているが、荒神の類《たぐ》いだ」

「荒神？」

「荒神というのはね、神様になり損ねた神様のこと。大抵は暴れもので人間に迷惑を掛けるんだ」

「なるほど」

「そいつは遥《はる》か大昔に神になり損ねた化け物だ。その腹いせか知らないが、百年に一度目覚め、航路を荒らす」

「暴れもののくせに妙に時間に細かいですね」

「いや、今回は九〇年周期だった。早起きだったらしい」

「老化したのかな。ヴァンダル父さんも妙に早起きだし」

「そうかもしれんな」

苦笑を漏らすヴィクトール。彼も同様の感想を持っていたようだ。

「ここは時間きっかりに目覚めてほしかった。そうすれば娘が生け贄候補になることはなかったのだが」

「カレンさんをそいつの生け贄に捧げなければならないのですか？　倒してしまえばいいのでは？」

ルナマリアの疑問にヴィクトールは黙って航路の横を指さす。

そこには巨大な蛇が描かれていた。巨大な蛇は大きな船にまとわりついていた。

「なんて大きな蛇……いや、竜か……？」

　僕がそう口にすると、ルナマリアは、

「そのように大きな蛇なんですか？」

　と尋ねてきた。目が見えぬルナマリアに説明する。

「大型の商船がまるで小舟のようだよ。こんな化け物が存在するなんて信じられない」

「まあ、そんなに」

「なにせこいつは神話の生き物だからね。シーサーペント。七つの海を飲み干すと言われた化け物だ」

　ヴィクトールは吐き捨てるように言い放つ。

「たしかにこいつを倒すのは容易じゃなさそうだ」

「その通り。我々の先人もやつの恐ろしさを熟知していたので、一〇〇年に一度の目覚めのとき、生け贄を捧げることで妥協を図った」

「生け贄を捧げれば航路を荒らさないのですか？」

　ルナマリアが尋ねるが、ヴィクトールは首を横に振る。

「それは分からん。ただ、先人たちはそうしてきた。やつが出現したら生け贄を捧げ、しばらく航路を使わない。何年、何十年かしてやつがまた眠くなったら再び航路を使う」

「要は生け贄を捧げればシーサーペントが眠りに就くのが早まる、という伝承があるんですね」

「そういうことだ」

「そんな、なにも確証なしに生け贄を捧げていたんですか?」

ルナマリアは非難の声を上げる。

「有り体に言えば。――しかし、先人たちを責めてもなにもならない。問題なのはこの都市の商人たちはその〝伝承〟を信じているということだ」

「だからカレンが生け贄に」

「ああ、そうだ。この都市には評議会と呼ばれる組織がある。この街の運営をしているのだが、その評議会の家の中から順番に娘を選び出し、生け贄に捧げている。ちなみに私はその評議会の一員だ」

「なるほど、つまりそれでカレンが選ばれてしまったんですね」

「そういうことだ。私はノースウッド出身だが、この街で商売を広げるとき、評議会の株を買ってね。格安だったから飛びついたんだが、いわくつきだった」

「その株の持ち主の娘が生け贄に捧げられる順番だったんですね」

「ああ、買ったときはまさか娘ができるとは思わなかった。それに復活が十年早いとは思ってなかったから、娘ができても〝乙女〟ではなくなっているという計算だった。言い訳がましいが」

「今さらそのことを悔いても仕方ないです。それに僕はその悪《あ》しき伝承に終止符を打ちたい」

「ウィル君……」

頼もしげに僕を見つめるヴィクトールさん。

「これは神様のお導きかもしれませんね」

ルナマリアも同様の視線を向けてくる。

「うん、僕はカレンを、ううん、この街を救ってみせる」

そう宣言すると、がちゃり、と扉が開く。するとそこから見知った顔が。

「さすがはウィル様です。英雄の中の英雄、勇者の中の勇者、わたしの旦那様！」

風のような速度で僕の胸に飛び込むと、抱きついてくる。

その手早さは名うての武闘家のようである、とはルナマリアの言葉だが、彼女は黙ってカレンの行為を見過ごす。

見ての通り元気なカレンだが、それでも心細いに違いないのだ。

生け贄に選ばれ、毎日、震えていたに違いないのだ。

それを証拠にカレンは痩せ細っている。

前回別れたときは少しふっくら気味であったが、今の彼女は綿毛のように軽い。きっと心配のあまり食事も喉を通らなかったに違いない。

それを即座に悟ったルナマリアは、今だけ彼女の我《わ》が儘《まま》を許したのだと思う。

──三〇秒ほどだけど。

三〇秒間、胸を密着させるカレン。それ以上は教育的指導が必要だと思ったのだろう。

カレンを僕から引き離すと、真面目な顔で、

「それではカレンさんを生け贄にせずに済む方法を考えましょう」

と宣言した。

カレンは名残惜しげに僕を見つめるが、重大な提案だけに我が儘は言わなかった。

†

その後、僕たちはシーサーペントの情報、この街や評議会の情報を一通り聞く。

なにごとも判断をするのには情報がいるのだ。

情報なしに戦いを挑むのは愚かものすること、とはヴァンダル父さんの格言である。

数時間ほどで概要を聞き終えると、その日は結論を出さずに皆で夕食を取り、あてがわ

れた客室で睡眠を取る。

「寝る子は育つ！　考えをまとめるのはベッドの中！」

これは能天気な女神ミリア母さんの言葉だが、案外、真理を突いているというか、ヴァンダル父さんの言葉以上に役立つことがある。

疲れた身体《からだ》と頭ではよい作戦も浮かばないのだ。

なのでアナハイム商会のもてなしを受ける。

今日、客人が来るとは知らなかったコックは慌てたが、それでも最良の料理を振る舞ってくれる。アナハイム家は普段から美味《おい》しいものを食べているようだ。旅先ではとても食べられないような山海の珍味が出てくる。

それらに舌鼓《したつづみ》を打つと、カレンの話し相手になる。頃合いが来たら客室に戻って入浴、歯を磨いて就寝。泥のように眠ると、鶏が昼寝を始める時間帯に起きる。

ここまで眠ってしまったのは長旅で疲れているからだが、あのルナマリアも似たような時間まで眠っていたと言い訳させてもらう。

ただたっぷりと寝たおかげで体力は全回復、頭は冴《さ》えまくっていた。

壁に立てかけていた聖なる盾が、

『おー、緑のゲージがマックスになってるよ！　良《い》いアイデアは浮かんだ？』

と声を掛けてくる。

「おはよう！　イージス。うん、浮かんだ。ばっちりだよ」

相棒にそう答えると扉を叩《たた》く音が。ルナマリアも起きたようで、一緒にヴィクトールさんの執務室へ向かおうという提案を持ってきた。

どうやら彼女は僕が妙案を考えついていると確信しているようだ。

さあ、披露しに行きましょう、というていでいた。

過信しすぎなような気もするが、今に始まったことではないので、そのままヴィクトールさんの執務室へ向かうと、僕はそこで宣言する。

「ヴィクトールさん、決めました。生《い》け贄《にえ》を捧《ささ》げることにします！」

その提案を聞いたヴィクトールさんは腰を抜かすが、ルナマリアは悠然としていた。

やはり彼女は僕を信じてくれているらしい。僕がカレンを見放すことはないと信じているのだ。僕はその信頼に応えるため、ヴィクトールさんに詳細を話した。

「…………」

僕の言葉を真剣に聞くヴィクトールさん。最初の言葉に度肝を抜かれた彼だが、僕に対する信頼が失われたわけではないようだ。真摯に聞いてくれる。

そんなヴィクトールさんの信頼に応えるためにも、懇切丁寧に説明をした。

「……なるほど、つまり生け贄は捧げるが、それは偽者《フェイク》だと？」

「そうです。シーサーペントを誘《おび》き出す罠《わな》です」

「たしかにシーサーペントは乙女の肉をなによりもの好物とする。誘いに応じてくれるかもしれない」

「やつをこちらが有利な海域に誘き出し、交易都市の艦隊で一気に叩きます」

「交易都市の艦隊を総動員し、神々に育てられしものが協力してくれるのならば、あるいは可能かもしれないな……」

ふうむ、と自身の立派なひげをなで回すヴィクトールさん。

「しかし、それを実行するには交易都市の評議会を説得せねば。艦隊は私の一存では動かせない」

「それは承知しています。だから評議会に直談判《じかだんぱん》をしていただきたいです」

「それは無理だ。生け贄の儀は評議会の伝統。容易に覆《くつがえ》せない」

「カレンの代わりに身代わりになるものがいるとしたら？」

「そんなものいるわけが……まさか……!?」

ヴィクトールはルナマリアを見るが、ルナマリアはゆっくりと首を横に振る。

「最初、私がその方法を取ると説得したのですが、断られてしまいました。私を危険な目に遭わせたくないとおっしゃって」

「そうだ。偽者とはいえ危険が伴う。関係ない巫女《みこ》を身代わりにはできない」

それに、とヴィクトールさんは続ける。

「伝統により、巫女は生け贄にささげられないのだ。何百年か前に心優しい巫女が身代わりを買って出たことがあるのだが、そのときのシーサーペントはなかなか眠りに就かなかった。以来、巫女は駄目だという話になった。まあ、本来、身代わりも駄目なのだが」

「身代わりは駄目でも、ヴィクトールさんの娘ならばいいんですよね？」

「もちろんだ」

「ならばその子を養子にしてください。養女ならば身代わりにしても問題ないはず」

「ううむ、たしかにそうだが、先ほどもいったが、誰がそのような真似《まね》を引き受ける？」

ヴィクトールさんは「そんな娘に心当たりはない」「金を積んで頼み込むか」と頭を悩ませるが、そのようなことをする必要はなかった。

「誰かを犠牲にする必要はありません。なぜならば生け贄は僕が引き受けるからです」

「…………」

その言葉に沈黙するヴィクトールさん。

「なんだって……もう一度言ってくれないか？」

ヴィクトールさんは問い返してくるが、驚くのも無理はない。

なぜならば僕の性別は男、生け贄にしなければいけないのは女の子なのだ。

ここは百の言葉よりもひとつの真実を見せたほうが早いだろう。

そう思った僕はカレンから借りた女性用の付け毛、ウィッグをルナマリアにかぶせてもらう。

僕の頭にすぽっとはまるウィッグ。

肩まで伸びた漆黒の髪は、あっという間に僕を女の子っぽくしてくれた。

その姿を見て再び言葉を失うヴィクトールさん。良い意味で驚いているようだ。

「いや、女顔だとは思っていたが、まさかここまでとは」

「子供の頃から、ミリア母さんに女の子の格好をさせられていました。母いわく、生まれてくる性別を間違えたそうです」

「そう言いたくなる気持ちも分かる。が、無関係な君を囮《おとり》にするのは心苦しい」

「では苦しいままに。その苦しさがある限り、ヴィクトールさんを助けるものが絶えることはないでしょう」

「──有《あ》り難《がた》いことだ。今すぐ君を養女として迎え入れる手続きをする。名前はどうしようか？」

「それではウィルヘミナで」

「いい名前だ」

ヴィクトールはそう言い切ると、「化粧道具や衣服、必要なものはなんでも言ってくれ」という言葉をくれる。

「有り難いです。では用意が整いましたら、評議会に行って僕が生け贄になる旨《むね》、お伝えください。それと、それを交換条件に艦隊を派遣する約束も取り付けてください」

「やってはみるが、生け贄が君に代わっただけで、そのような条件、呑《の》んでくれるだろうか？」

「そこは商人としてのヴィクトールさんの交渉力です。もしも失敗したら僕を本当に生け贄に捧げると啖呵《たんか》を切ってくださって構いません」

「君は生け贄に捧げられん」

「カレンを捧げるよりはまし。艦隊の援護は得られないかもしれませんが、相打ちに持っていく気概で戦います」

「ウィル君……分かった。やってみよう」

というヴィクトールだが、用件を伝え終わっても、僕をまじまじと見つめる。どうやら本当に女の子ではないか、と疑っているようだ。

ルナマリアが冗談めかして、

「アナハイム夫人というのも悪くないかもしれません。ヴィクトールさんは奥さんがいないようですし」

と言った。僕も冗談で返す。

「アナハイム夫人は悪くないけど、カレンのお母さんは僕に務まりそうもない」

「たしかに我が儘お嬢様のお母様役は大変そうです」

軽く笑みを漏らすと、そう締めくくった。

さて、この様子をテーブル・マウンテンから遠視の水晶玉を使って見ていた神々たち。

治癒の女神ミリアは久しぶりに見た息子の女装姿に、

「んほぉぉーー！」

と鼻血を流している。

「キタキター！　ウィルの女装キターー！　さいきょーむはいの男の娘《こ》ー！」

興奮気味の女神にツッコミを入れるのは剣術の神様。

「落ち着け、この変態女神」

「誰が変態女神よ。つうか、あんたたち、ウィルのあの可愛《かわい》らしい姿を見て興奮しないっての？」

「興奮などするわけないだろう。可愛いとは思うが、俺は息子にはわんぱくでもいい、たくましく育ってくれれば、と思ってるんだ」

「っち、これだから脳筋は」

吐き捨てるように言う女神様、彼女は同意を求めるように魔術の神ヴァンダルのほうを向く。脳筋剣の神には男の娘のよさは分からないだろうが、知的な彼ならば理解してくれると思ったのだ。

しかし、ミリアの思惑通りにはならない。

ヴァンダルはこの話題に参戦してくるどころか、どこか遠くを見つめていた。

遠視の水晶玉を覗《のぞ》き込んでいるが、ここではないどこか別の世界に思いを馳《は》せているようだった。

その姿を不審に思った剣の神ローニンは率直な言葉を口にする。

「なんだ、このジジイ。いつもなら食い入るようにウィルの姿を見ているのに」

「そうよね。いつもまるで自分だけのもののように水晶玉を独占するくせに」

「実際、ジジイの水晶玉だけどな」

「うっさいわね」

「つうか、三日前、使い鴉《からす》から手紙を受け取って以来、こんな感じなんだよな」

「使い鴉？」

「魔術師がよく使う使い魔だよ。伝書鳩《でんしょばと》よりも性能がいい」

「そんなのは知ってるわよ。私が聞いているのは手紙の中身」

「そっちか。てか、そんなの知るわけねーだろ。俺はおまえみたいに人様の手紙を盗み見る癖はないんだ」

「ぶっぶー、私が覗き見るのはウィルの手紙と日記だけですー」

「そんなことしたら嫌われるぞ」

「息子を心配する母はいつの世も同じことをするのよ。ウィルも大きくなったら分かってくれるわ」

「まあいい。ともかく、ジジイがこんな調子じゃ、神々の家が暗くなる。なんとかしないと」

「そうね。じゃあ、取りあえず美味《おい》しいものでも食べて元気になりましょうか」

服の袖をまくし上げる女神。なにか料理を作るようだが、剣の神はそれを必死でとめる。

「まて、弱ったジジイにおまえの糞不味《くそまず》い料理はとどめになる。ここは俺が刺身でもこしらえるから、おまえは魚でも獲《と》ってきてくれ」

「なによ。私の料理が不味いみたいに」

「みたいにじゃなく、不味いんだよ」

「ふん、脳筋だからろくに味も分からないのね。可哀想《かわいそう》に」

女神ミリアはそう言ったものの、多少の自覚はあるので、黙って魚を獲りに行く。熊のハチと一緒にサーモンでも捕まえに行こうと思ったのだ。

ローニンは安堵《あんど》しながら刺身包丁を研ぎ始める。

そんなふたりの神々の姿を見ながら、ヴァンダルはぽつりとつぶやく。

「相変わらず忙しい連中だな」

その言葉は不快感ではなく、安堵の中から漏れ出た言葉であったが、口にした本人も気が付いていなかった。

†

神々の間でそのようなやりとりが繰り広げられているとは露知らず、僕の女装化計画は続く。

カレンから借りたウィッグであるが、それだけではやはり女の子になりきるのは難しいと判断したのだ。

というわけでさらに工夫を重ねる。

その協力をしてくれるのは、アナハイム家のご令嬢、カレン・アナハイム。

彼女は、「待ってましたわ！」とばかりにメイドと化粧道具を揃《そろ》えてやってくる。

「ルナマリアさんほど冒険の役には立ちませんが、メイクアップとお洋服に関しては一日の長があります！」

「たしかに私はメイクが苦手です」

ルナマリアは正直に話してくれる。

大地母神の教団では自分を偽るのが禁止だから、誰も化粧などしない。化粧水ですら禁止で、ハンドクリームですら長年の協議の末、冬場だけＯＫとなったくらいらしい。

それに彼女は目が見えないため、化粧をすることができない。

「そもそも私は人の美醜によってものごとを判断しないように、と光を神に捧《ささ》げたのです」

そんなルナマリアに化粧を頼むのは酷だろう。

ここはカレンにお任せコースとなる。

となると俄然《がぜん》張り切るカレン、ウィッグだけで七種類持ってくる。

「定番の黒髪に、金髪、亜麻色の髪に情熱的な赤毛、色々と揃えていますよ」

「ショートからロングまであるね」

中にはとぐろを巻いているような巻き髪もあった。とても重そうだ。

「やはり見慣れている黒髪が一番似合いますわ」

さすがわたしのファーストインプレッションと自分を誇ると、そのまま先ほどの漆黒のウィッグを僕に装着する。有無を言わさず白粉《おしろい》を塗ってくる。

「アイシャドウと付けまつげもしないと。──いえ、付けまつげはいらないか。ウィル様のまつげは貴婦人のように長い」

「どーも」

なすがままに受け入れる。

このように人形遊びの人形にされるのは慣れきっていた。ミリア母さんはよく僕に化粧をして遊んでいたからだ。

いつか、「あれをちょん切れば女の子にならないかしら……」とダークな表情でつぶやいていたことがあった。あのときの母さんの口撃に比べればぬるいものだった。

そのまま化粧を終えると、衣装選びとなる。

「ひらひらお姫様タイプ、乗馬もこなす活発お嬢様スタイル、フェロモンむんむん娼婦《しょうふ》風、なんでもありますわよ」

とはカレンの言葉だが、あまりひらひらとしたのはいやなので、比較的上流層の娘が着るタイプを選択した。

少しだけひらひらしている衣服の端を摘まむと、くるりと回る。

カレンは、「たまりませんわぁ」と、うっとりする。彼女付きのメイドたちも、「きゃあああー」と黄色い声を上げる。

ルナマリアは「そんなに可愛らしいのですか?」とカレンに尋ねた。

「それはもう。物語の中に出てくるお姫様のようです」

「まあ、それはすごい」

今ほど視力を神に捧げたことを後悔することはありませんわ、と続けるが、さすがにそれは冗談だろう。

立派なご令嬢になった僕は、戻ってきたヴィクトールさんに首尾を尋ねる。

「評議会との交渉、どうなりましたか?」

「おお、麗しのウィルへミナか」

冗談めかすヴィクトールさん。カレンもルナマリアも皆、こんな感じだ。まあ、慣れているからいいけど。

「──こほん、冗談だよ。交渉は半分成功した」

「半分と言いますと？」

「養女である君を生け贄《いにえ》にすることは了承された」

「よかった。これでカレンを生け贄にしなくてすみますね」

「艦隊も派遣してくれるそうだ。──ただし、我々への援護としてではない。君の監視だ」

「もしも勝ち目がないと判断したとき、僕を生け贄に捧げるんですね」

「そうだ」

「それならば問題ありません。最悪、シーサーペントの口に飛び込む心構えでいますから」

「ただ飛び込むんじゃないんだろう？」

「ですね。やつの喉に剣を突き立ててやります」

「頼もしいご令嬢だ」

ヴィクトールさんはにこりと笑うと、「ただ──」と続けた。

「半分しか叶《かな》わなかったというのは、実はそのことではなく、半分しか艦隊を貸してもらえなかったのだ」

「半分だけですか？」

「そうだ。交易都市シルレの艦隊は評議会の各商会が提供しているのだが、その中でも大物のブライエン家が首を縦に振らなかったのだ」

「その家が艦隊を半分所有しているんですね」

「そうだ」

「ならば逆にその家の当主の許可が得られればすべての艦隊を動員できるんですね」

「そうなるが、それは難しいだろう。ブライエン家の当主、ケニーは気難しい人物として知られている」

「気難しいかもしれませんが、人の子です。なにか説得する材料があるかも。彼についてなにか情報はありませんか？」

「そうだな……、彼には子供はいないのだが、姪《めい》っ子がひとりいるのだ。しかし、その姪っ子がとんだじゃじゃ馬でな。おれは結婚などしない、とケニーが用意した婚約者をはね除《の》けているのだそうな」

「お転婆なんですね」

「そうだ」

「お転婆だが、たったひとりの身内でもある。目に入れても痛くないほど可愛《かわい》がっているようなのだが、その娘、女だてらに勇者の印があってな、世界を救うために戦っているのだ」

「…………」

はて、どこかで聞いたような話だが、気にしても仕方ないので気になる点をヴィクトールさんに尋ねる。

「ケニー氏はそのお転婆の姪っ子が淑女になれば喜ぶのですよね」

「ああ、さらにいえば結婚相手が見つかれば重畳だ」

なんでもブライエン家には跡取りがいないらしい。豪腕商人としてはそれも解決したがっているだろう、というのがヴィクトールの目論見《もくろみ》だった。同じやり手商人同士、悩みは同じと見える。

「分かりました。そのお転婆なご令嬢が結婚すると言えば、ケニー氏の財布の紐《ひも》も緩むかもしれないというわけですね」

「そうだ。吝嗇《りんしょく》な商人ではなく、気前のいい商人になってくれるだろう。できるか？」

「結婚は相手あってのこと。詳細を調べてみないとなんとも言えませんが、少しでも女性らしくさせることはできるかも」

「まあ、たしかに実際に様子を見るしかないか」

「はい。幸いなことにまだ時間に余裕はある。ヴィクトールさんは艦隊に乗せる傭兵《ようへい》の手配と訓練をお願いします」

「分かった。シルレでも有数の水夫を集めておこう。全艦隊動員するつもりで動くよ」

「信頼、ありがとうございます」

僕はヴィクトールさんの信頼に応えるため、さっそく、ブライエン家に向かった。

†

ブライエン家は交易都市シルレの一等地にあった。

西国の貴族の家から枝分かれした商家らしく、古くからこの街で勢力を誇っている。

主に絹織物《きぬおりもの》を扱っているのだが、ミッドニア王国の絹織物の四割はブライエン家に関わりがあると言われている。絹糸の生産、服の製作、流通販売まで取り仕切っているとのこと。

その財力は絶大で、この街の評議会で一番の実力者であり、この街の艦隊の半分を動員できる兵力をも持っているのだ。

当然、その屋敷《やしき》の大きさも凄《すさ》まじく、アナハイム家の別宅の五倍の規模を誇っていた。

山育ちの僕はただただ圧巻されるが、堀の外から屋敷を見上げる僕にルナマリアは声を掛けてくる。

「ウィル様、先ほどの会話で気になっていることがあるのですが」

控えめな問いかけだったが、僕はすぐに反応する。

「ルナマリアも気が付いた？」

「はい。女だてらに勇者の印がある。お転婆。世界を救いたい。このようなキーワードが当てはまる人物はそんなにいらっしゃらないでしょう」

「だよね。ぶっちゃけ、どう考えてもレヴィンのことだよね」

「はい」

以前、僕が出会った勇者のひとりだ。

西国からやってきた『剣』の勇者で、男装をして世界を救う旅をしていた。

紆余曲折《うよきょくせつ》の末、自分を偽るのをやめ、女性に戻ったはずだが……。

「女性には戻ったけど、結婚するようなタイプにもみえなかったなあ」

「西国というのも符合しますね」

「そうだね。レヴィンは西国の貴族だった。ブライエン家も西国にルーツを持つ商家のようだし」

「今のところ一〇〇パーセントレヴィンさんのような気もしますが」

「だね。再会できるのは嬉《うれ》しいかな」

「でも、仮にもしもそうならば説得は難しいかもしれません」

「……だねえ」

吐息を漏らすが、このような場所で溜《た》め息《いき》をついていても仕方ない。

取りあえずブライエン家を訪問するため正門に回り込もうとするが、堀の上に影が見える。

そこにいたのは女性で、下着丸出しであった。

どうやらブライエン家から逃げだそうとしているようだ。

パンツが見えてますよ、お嬢さん、と声を掛けるべきか迷ったが、声は掛けられなかった。そのものがバランスを崩し、堀から落ちてきたからだ。

「危ない！」

気配を察したルナマリアは叫ぶ。

その瞬間、僕は《水球》の魔法を唱える。

魔法で大きな水の玉を作り出すと、それをクッションとして女性の落下地点に潜り込ま

せる。

落ちてきた女性はぼよんと弾むと、僕はそれをキャッチし、お姫様抱っこをする。

急にお姫様抱っこされた女性は、きょとんとするが、すぐにその気性の荒さをあらわにする。

「な、なんだ、貴様、おれを剣の勇者と知っての狼藉《ろうぜき》か⁉　お、お姫様抱っこなどしおって」

猛々《たけだけ》しいが、顔が真っ赤なのでとても可愛らしい。

そのことを指摘すると、さらに顔を真っ赤にして怒るが、すぐに僕の声に聞き覚えがあることに気が付いた。

「そ、その声、もしかして君はウィル少年か⁉」

「お久しぶりです、レヴィンさん」

にこりと微笑《ほほえ》むと、レヴィンは向日葵《ひまわり》のような微笑みを浮かべる。

「少年だ、少年！　ウィル少年だ。ああ、なんという幸運、なんという吉事」

しばし喜ぶが、僕の姿が変わり果てていることに気が付く。僕は女の子の格好をしていた。

「はて、おれの知っている少年は美少年だったが、美少女ではなかったはず」

「これには深いわけがあるのです。ちなみに隠しているので誰にも言わないでくださいね」

「おれは口が堅いほうだ」

「実はアナハイム家の養女と偽ってシーサーペントの生け贄になるんです」

「なんと⁉　少年がカレン嬢の代わりになるのか」

「そういうことです」

「ならばそのことは絶対他言しない」

勇者の誇りに懸け、と誓ってくれる。

「しかしまあ、奇妙な感覚だ。美少女にお姫様抱っこされるなんて。しかも家出しようとしているときに」

「家出をしようとしていたのですか？」

「ああ、この家にはとても意地の悪いじいさんが住んでいるのだ。やつはなにをとち狂ったのか、勇者であるこのおれを結婚させようとしているのだぞ？」

「その話は聞いています」

「なに、耳が早いな。ならば今回、やってきてくれたのは、おれを脱出させる手引きを手伝ってくれるためか？」

「ならば婚約者を撲殺する棍棒《こんぼう》でも差し入れしてくれるのか?」

「いえ」

「まさか」

「ならばなんのため? ——あ、もしかしてウィル少年が代わりに婚約をしてくれるのか?」


再びぼしゅっと顔を真っ赤にさせるレヴィンだが、それもはずれだ。旅先で出会う女性すべてと婚約していたら、僕の身は持たない。ただでさえアナハイム家から強烈に婿入りをせがまれているのだ。これ以上の厄介ごとは避けたい。

「僕がブライエン家にやってきたのは当主のケニーさんと話を付けるためです。彼にはお転婆な姪御《めいご》がいるらしいんですが、その方の将来に憂慮しているとか」

「そんな困った姪御がいるのだな。おじ上も難儀だ」

自分を棚に上げたように言うが、その姪御が自分だとは分かっているらしい。

彼女は怨《うら》みがましい目で僕を見つめる。

「しかし、数ヶ月ぶりに再会したら、まさか君が敵に回っているだなんて夢にも思わなかった。あのとき、一緒に巨人と戦った勇ましい君はどこへ行った」

「敵だなんてとんでもないですよ。ただ、ブライエン家との交渉に来ただけです。それに僕はレヴィンさんが女性らしくするのはいいことだと思っています」

「君までそんな。いくらで買収された」

「買収なんてされていません。レヴィンさんは昔は自分は男性だと偽り、冒険していましたよね」

「うむ」

「そのときは勇者ガールズとかを侍《はべ》らせて自分を偽っていました。しかし、聖剣を抜けないことにより、自分を偽るのをやめたじゃないですか」

「君がその切っ掛けをくれた」

「そうです。だから今回も同じことがしたいんです。レヴィンさんは自分に素直になってから何倍も魅力的な人間になりました。今回も結婚しろとはいいません。しかし、もうちょっと自分に素直な女性になれば、おじさんも安心すると思うんです」

「おれは充分素直だ。少年のためにスカートをはくようになった。仲間と上手くやれる術を身に付けた。これ以上、なにを望む」

「唯一の肉親と折り合いを付けること。彼とも同じように素直に接することができるようになれば最高じゃないですか。彼は老齢です。孝行がしたいときにすでにあの世に旅立っているかも」

「……ううむ、そう言われると」

だ、だが、おれは、と続けるレヴィンに、僕は、「あたし」と続ける。たしかレヴィンは別《わか》れ際《ぎわ》、一人称が「おれ」から「あたし」に変わっていたはずだ。

素直になったときの彼女はとても魅力的だった。もう一度、それを再現してほしかった。

そう諭すと、彼女は恥ずかしげに、

「あ、あたし……」

と口にした。

その姿はとても可愛《かわい》らしかったので、そのまま大人しくなった彼女をブライエン家の正門に連行する。

「最初に会ったレヴィンさんからは考えられないほど素直になりましたね」

とはルナマリアの言葉だったが、僕もそう思う。彼女もまた進歩しているのだ。僕も見習いたいところであった。

正門までの短い道のりの間、彼女の仲間たちの近況を聞く。

「そういえばいつも一緒にいたリンクス少年はどうしているのですか？」

「ああ、リンクスならば屋敷にいる」

「彼をひとり置いて逃げだそうとしてたんですか……」

「し、仕方ないだろう。結婚したくなかったんだ」

「まあいいです。他のパーティーメンバーは?」

「今は別行動だ。別に喧嘩《けんか》別れしたわけじゃないぞ。長旅が続いたから、それぞれに実家に戻って休暇を取ろうという話になったんだ。あたしはもう身内がいないから、おじの家に来たってわけだ」

「なるほど、おじさんは交易都市でも有数の商人と聞きましたが」

「うむ、父の兄なのだが、武芸ができない身体《からだ》だったので養子に出されたのだ。ブライエン家は何代か前のアレンハイマー家から枝分かれした家なのだ。その縁もあって幼き頃に養子になったらしい」

「とても優秀な商人と聞きましたが」

「そうだな。絹織物《きぬおりもの》商としてはこの国、いや、大陸でもピカイチだろうな」

誇らしげに言うレヴィン。なんだかんだでおじさんのことを尊敬しているようだ。

そのように考察していると、レヴィンはじーっとこちらを見つめる。まだ裏切ったと怒っているのかな、そう思ったが、違うようだ。

ご機嫌斜めな理由を尋ねる。

「いや、ウィル少年はあたしには〝あたし〟としゃべれと言ったのに、自分の口調は直さないのだな、と思ってな」

「僕の口調ですか？」

「それだ、それ。なぜ、敬語なんだ。他人行儀じゃないか」

それはあなたが年上だからです、と言いたいところだが、それを指摘すれば「ルナマリアだって君より一歳年上じゃないか」と言い出すだろう。

ここは素直にため口に直す。

「うん、わかった。じゃあ、レヴィンって呼び捨てにするね」

「うむ、嬉しいぞ」

喜ぶレヴィン。なかなか可愛らしい。

ちなみに彼女は御年一八、僕よりみっつほど年上であった。

そのようなやりとりをしていると、ブライエン家の正門が見えてくる。

門番はレヴィンの姿を見つけると、慌てて駆け寄ってきた。槍《やり》を持つ手に力を込め、殺気を送ってくる。どうやら僕たちを誘拐犯と勘違いしているようだ。

レヴィンは説明する。

「このものたちはあたしの友人にして、ブライエン家の客人だ。アナハイム商会に連なるものでもある。無礼は許さないぞ」

「それは申し訳ないことをしました」

素直に謝罪する。彼はただ職務に忠実なだけのようだ。

申し訳なさそうに頭を下げると、門を開けてくれた。

巨大な門は機械仕掛《じか》けで開閉しないといけない。それほどブライエン家の門は大きかった。

「門だけではない。建物も敷地《しきち》もバカみたいにデカいぞ」

それは先ほどから承知していたので、改めて驚かされることはなかったが、ブライエン家の敷地には恐ろしい数の石像などが並べられていた。どれも名のあるドワーフの名工が作ったものだ。

いったい、いくらするのだろう。

素朴な疑問を浮かべながら館へと向かった。

恐ろしいことに正門から館に入るまで、数分ほど歩くことになった。

交易都市の豊かさに改めて驚かされた。

†

ブライエン家に入ると、驚かされることばかりだ。至るところに豪華な調度品が並べられている。

それだけでなく、数メートルごとに使用人がおり、メイドさんや使用人とすれ違う。しかも皆、教育が行き届いており、すれ違うたびに深々と頭を下げる。同行してもらったアナハイム家の執事ハンスさんはブライエン家の使用人たちの練度に感心している。

もっとも僕に言わせればアナハイム家の使用人たちもとても親切で礼儀正しい人たちで、当主の人柄と、ハンスさんの指導力の凄《すご》さが伝わってくる。

——ただ、我《わ》が儘《まま》ご令嬢のカレンの人格的影響も伝わってくるので、そのへんがブライエン家との違いなのかもしれない。

そんな感想を抱いていると、ブライエン家の執事に案内されて、当主ケニー・ブライエンの執務室に案内される。

ケニーの執務室に入ると、彼は陶磁器を手に持ち、それを眺めていた。

先日のヴィクトールとの再会で彼が執務室で書類に追われていたのとは対照的であるが、なにかに集中しているという意味では共通していた。

もしかして一流の商人というのはこのような感じで物事に集中できるという特性があるのかもしれない。

そう考えれば魔術師と似ているところがある。

魔術の神様ヴァンダルも似たようなところがある。研究に没頭したりすると何週間も実験室にこもる。その間、まともに食事もせず、お風呂《ふろ》にも入らないものだから、よくミリア母さんに怒られる。

「加齢臭がここまで臭ってくるのよ！」

とのことだった。まあ、本当は心配しているのは見え透いているのだが。ヴァンダル父さんの研究馬鹿ぶりを心配したミリア母さんは、こっそり栄養ドリンクを差し入れたりしていた。

――話がずれたが、ともかく、達人の思考法というのは似るものらしい。

大商人ケニーさんは陶磁器を磨き終えると、「すまない、すまない」と僕たちの方を見る。

ケニーさんは六〇歳くらいの紳士で、白ひげが特徴的な好々爺《こうこうや》だった。足を引きずっているのが気になるが、たぶん、そのせいで武家であるアレンハイマー家を継ぐことができなかったのだろう。もう見た目からは武家出身らしさは微塵《みじん》もないが、それでも眼光だけはするどく、レヴィンのおじであることを感じさせる。

ケニーはしばし僕たちを値踏みする。特に僕がじろじろと見つめられる。

僕は女装をしている。最初、そのことがばれたのかと思ったが、すぐに表情を崩すと、

「この娘っこがアナハイム家の養女か。なかなかにめんこいな。ヴィクトールのやつはどこで見つけてきたのかな」と言った。

『神々が住まう山さ！』というのはハンスさんに預けてある聖なる盾の言葉。彼は評議会の一員なので事情は話せない。

僕は「こほん」と咳払《せきばら》いをした上で声を作る。

「本日は面会してくださりありがとうございます。申し遅れましたが、わたしはアナハイム家の養女ウィルヘミナです。ウィルヘミナ・アナハイム。――ミッドニアの山間部出身です」

「なるほど、山の民か。少し声が嗄《か》れているが風邪かね」

「……はい」

ごまかすが、剣の勇者レヴィンはアドバイスをくれる。

「ウィル少年、裏声など出す必要はない。不名誉かもしれないが、君の声はもとから女のようだ。ちょっとハスキーだがそのままでも通るぞ」

本当かな？　周囲に確認を取ると、執事のハンスは寡黙にうなずき、ルナマリアは小声で「そのとおりだと思います」と言った。

「……そんなに僕の声って女の子っぽいのかな」

自覚がまったくない僕は、おそるおそる声を出す。

「あーあー、――あのわたしはテーブル・マウンテンの麓で生まれました。ヴィクトールさんが所有する山林の視察に訪れた際に目をかけていただいたのです。――ちょうど、父母を亡《な》くしたところでしたので、養女になったのです。そのご恩を返すために今回、カレンさんの代わりに生け贄《い》《にえ》となりました」

おそるおそる言うが、ケニーさんはまったく疑うことなく、

「そのような事情があったのか……可哀想《かわいそう》に……」

と同情してくれた。

「いいえ、同情には及びません。わたしの父は剣術の達人でした。わたしもその血を色濃く受け継いでいます」

「おぬしがシーサーペントと戦うというのは本当なのか？」

「はい。生け贄になる振りをしてやつの虎口に飛び込むつもりです」

「なんとまあ勇ましいお嬢さんだ」

「ただ、それだけではやつに勝てません」

「だろうな。やつは巨大すぎる」

「やつを倒すには評議会で一番の艦隊を持っているブライエン家の協力が不可欠です」

「ふうむ……」

ケニーは長い白ひげを持て余しながら考え込む。

「たしかにシーサーペントを倒すにはこの街が一丸にならないと無理じゃな」

「はい、ですから、どうか、ケニーさんに、ブライエン家に協力をしていただきたいのです」

どうか、お願いします、と頭を下げると、ルナマリアとハンスもそれに続いた。

──しかし、ケニーさんは〝優秀〟な商人、小娘の空手形は容易には信じない。

「お嬢さんの心意気は買うが、わしはブライエン家の当主、簡単に首を縦には振れない」

「………」

やはりそうか、という感情しか湧かないが、それでも諦めることはできない。

僕は自分の実力、それとこの戦いの勝算を熱弁するが、それでもケニーはなかなか首を縦に振らなかった。

話は長時間に及ぶが、最初に感情を爆発させたのは、僕でもケニーさんでもなく、レヴィンだった。彼女は僕たちのやりとりに割って入ってくる。

「おじ上、先ほどから聞いていれば、なにを臆病風に吹かれているのです」

感情をあらわにするレヴィン。彼女は武家の娘らしい論法でおじ上に食ってかかる。

「おじ上は英雄である父上の兄上です。父上はよく言っていました。兄は生まれながらにして足が悪かっただけで、その勇気、智謀《ちぼう》は俺とは比較にならない、もしも兄上が当主になっていたら、俺はただの騎士として一生忠誠を捧《ささ》げたと」

「ありがたい評価だ」

ケニーは感慨深く言葉にする。

「アレンハイマー家の血筋に臆病者はなし、領民は常々そう口にしていました。是非、そのことを証明していただきたい」

「たしかにアレンハイマー家のものに臆病者はいない。それは我が弟が証明している。我が弟、おまえの父は、国王の命令に背いてまで領民を守った。正義に殉じた。そのせいでアレンハイマー家はお取り潰しになったが、先祖は我が弟の行動を褒《ほ》め称《たた》えるだろう」

「ならばおじ上も義を見せてください」

「しかし、わしはおまえの兄のような勇気も義侠《ぎきょう》心もない。生まれたときにはあったかもしれないが、今はない。それにわしは今はアレンハイマーではなく、ブライエンなのだ。ブライエンの標語は『生き残れ、話はそれからだ』なのだ」

「おじ上は臆病者だ」

「そうだ、わしは怖い。おまえを残して死ぬのが。おまえの肉親はもうわしだけだ」

「…………」

「わしには子はいない。アレンハイマーの血を残すにはおまえに懸けるしかないのだ」

「必要なのは血ではなく、意志ではないのですか？　私はとある少年と神に教わりました。大切なのは事実ではなく、心なのだと。国では父上は逆臣の汚名を被《かぶ》っていますが、あたしとおじ上は知っているはず。父上が高潔で誇り高い人物だったことを」

「それを後世に伝えたい。その気持ちが俗人だというのならば、わしは喜んで俗人と認めよう」

「俗物過ぎます」

「かもしれん。しかし、わしは商人だ」

「……分かりました。ならばあたしはあたしの方法でやらせてもらう」

「どうするつもりだ。また家出をするのかね」

「まさか、あたしはもう逃げないと誓ったんだ」

「ほう、それは見上げた心構えだ」

「おじ上の勧めどおりに結婚に真剣に向き合いましょう。それに子も残しましょう」

「まことか？」

「父上の誇りにかけて」

「ならば信じよう」

「その代わりおじ上はアナハイム家に艦隊をお貸しください」

「艦隊を派遣することとおまえの結婚になんの関係がある？」

「おじ上は商人なのでしょう。これは取り引きです。あたしの自由でおじ上の艦隊を買うのです」

「なぜそこまでできる？」

「少女には借りがある。その少女が艦隊を欲《ほっ》している。あたしはそれに協力できる。それ以外に理由はいりましょうか」

「いいだろう。その鉄の意志は信用できる。それに当主ヴィクトールは信頼できる」

即答するケニーさん。――穿《うが》ち過ぎな考えかもしれないが、もしかしたらケニーさんはこうなるようにわざと艦隊を提出しなかったのかもしれない。レヴィンは正義感に厚い娘、交易都市の苦境、カレンの悲惨な状況にいつか心動かされ、こんな提案をしてくると踏んでいたのかもしれない。――それほどケニーさんからは優秀さを感じさせるのだ。

「おまえに二言はないのは知っているから、これ以上なにも言わないが、縁談、進めてもいいのだな」

「はい。ただし、もうひとつ条件をつけてもらいたい」

「ほう、なんだ？」

「結婚し、子を産む決意はしましたが、できることならば強い男の子を産みたい。少なくともあたしよりも強い男の子を」

「道理だな。アレンハイマーの再興を託す子なのだから」

「あたしは最強の子を産みたい。だから夫も最強のものを」

「いいだろう。しかし、どうやって決める？」

「ええと……それは……」

僕は悩むレヴィンに助け舟を出す。

「――でしたらこういうのはいかがでしょうか？」

「ウィルヘミナよ、なにか策があるのか？」

「はい」

「拝聴しようか」

「簡単です。交易都市の広場、および酒場にこの張り紙を貼るだけです」

ささっと走り書きしたメモをケニーさんに渡す。

懐《ふところ》から老眼鏡を取り出すと、メモを見つめるケニーさん。

「……ふむ、なるほど、レヴィンの花婿の座を賭けた武術大会を開くのか」

「おお、ウィル――ヘミナいいじゃないか。こいつで片をつける、分かりやすくていい」

レヴィンは腰の剣を抜き放ちながら喜ぶ。ケニーさんもレヴィンも、僕が用意したちょっとした仕掛けに気がついていないようだ。とても助かるので、このまま話を進める。

「それではブライエンとアナハイムの名で布告を。時間がないわけではないですが、シーサーペントの件もあるので一週間後に開催というのはいかがでしょうか？」

「よかろう。太古の昔、この大陸の過半を制した覇王が死の間際《まぎわ》、部下に問われた。この帝国は誰に継がせるのですか？　と。覇王は言った。『もっとも強きものに』、と」

ケニーさんはそのような表現で大会を開く旨《むね》を歓迎してくれた。

これならば遺恨はないと思ったのだろう。

こうして僕は評議会の有力者の協力を取り付けると同時に、旧友のレヴィンを救い出す策を実行することになる。あとはその策を上手《うま》く成功させるだけだ。

要は一週間後に開かれる武術大会で優勝するだけだった。

アーカムに続きまた武術大会であるが、今回は急場の武術大会。アーカムのように権威ある大会ではない。剣聖《けんせい》の孫であるヒフネさんのようなライバルが参加するようなことはないだろう。僕は安心してヴィクトールさんに事後報告すると、大会の開催を待ったが、ルナマリアだけは浮かぬ顔をしていた。

彼女はアナハイム家の別邸から空を見上げると、不穏な雲の動きを追う。

耳と全身で大気の律動を感じると、胸中の不安を口にする。

「……たしかにヒフネさんのような達人はそうそういない。しかし、悪魔の手先はどこにでもいるもの」

つまり彼女はこの大会にも「ゾディアック教団」が介入してこないか、心配をしているわけであるが、その不安は的外れというわけではなかった。

†

ゾディアック教団とは魔王ゾディアックを復活させるために暗躍している邪教徒の集団である。無論、本人たちは邪教だとは思っていない。混沌《こんとん》の神のゾディアックを崇拝する聖なる教団だと思っている。

──思っているだけで、やっていることは邪悪にして狡猾《こうかつ》なのだが。

彼らは世界中に菌糸を巡らせ、混沌の種を植え込み、ゾディアック復活の準備を整えた。

この交易都市シルレも例外ではない。

この都市にも着実に彼らの魔の手は伸びている。

しかもそれは思ったよりも表層面に伸びていた。この都市の権力機構を蝕《むしば》みつつあったのだ。

――とある評議会議員の邸宅。


怪しく光る邪悪な目を持つ男は、豪奢《ごうしゃ》なベッドの上で優雅にワインを飲んでいた。

バスローブは軽く乱れている。ベッドに敷かれた布団《ふとん》も。

布団は膨れ上がっている。だれかが寝ているようだ。

情交のあとを匂わせる風景だが、ただそれならばなにも罪深いことはない。

この男が罪深いのは、ベッドで寝ているはずの娼婦《しょうふ》に神をも恐れる行為をしたのだ。

娼婦はもう泣き叫ぶことも、抗議することもできない身体《からだ》になっていた。

ちりん。

男はナイトテーブルに添えられた鈴を鳴らすと、屈強な使用人たちが部屋に入り、彼女を処理する。この家の当主ケイオーンは三日に一度は娼婦を消費するから、手慣れたものであった。

手早く死体袋に詰め込むと、グランド商会の所有する船に乗せる。交易を装《よそお》って海に捨てるのだ。――昨今、交易都市の航路はずたぼろにされているという評判だが、まだ一割ほどの航路は生きていた。それにシーサーペントは〝あの方〟が復活を早めたのだ。御し方もある程度心得ていた。

「こんな折りでも贅沢《ぜいたく》が楽しめるのは、ゾディアック教団に入ったからだ。邪教様様だな」

ゾディアックを邪教と言い切るのは、ケイオーンは信心深くないからだ。もともと、この都市の最下級の商人だったケイオーンが評議会の株を買うほどまでに儲《もう》けることができたのは、ゾディアックに忠誠を誓ったからなのだが、〝魂〟は邪教に売っても、〝脳〟は売るつもりはない。このように好きなことをし、好きなように生きたかった。

ケイオーンは再びグラスにワインを注ぐ。最高級のワインだ。ワインは元々赤いが、そこにさらに赤いものが混じっている。先ほど首を刎《は》ねた娼婦の血だろう。死の間際のあの売女《ばいた》の顔は恐怖に歪《ゆが》んでいた。恐怖は血を変質させる。とても甘みを生み出すのだ。それがワインと合わさると、この世のものとは思えない味になる。

「最高だな……」

愉悦にひたっていると扉を叩《たた》く音が。執事がやってきて客人の来訪を告げる。

「お楽しみのときは誰とも会わないと伝えているはずだが？」

忠実な執事を睨《にら》み付けるが、執事は怯《ひる》まない。

「やってこられたのは司教長様です」

と言った。

その言葉にケイオーンの表情は変わる。

ゾディアック教団は明確な階級社会だ。

ゾディアック様を頂点としているが、その下の宗教組織には明確な序列がある。

まずは大主教、その次は司教長、その次が司教……と続く。今、来訪したのは司教長である。この地区のゾディアック教団を束ねる総責任者であった。

ゾディアックによって栄達したケイオーンにとっては雲の上のような存在であり、面会を断れるような立場ではなかった。

ケイオーンは慌てながら服を着替えると、司教長を持てなすための用意を執事に命じる。

「最高の山海の珍味、最高の酒を用意するのだ」

そのように指揮するが、それは無駄に終わった。司教長は食卓の間ではなく、ケイオーンの私室、つまりこの場所にやってきたのだ。

ゾディアックの司教長アレンシュタインは無表情に言った。

「ケイオーンよ、久しいな」

「……これはこれはアレンシュタイン司教猊下《げいか》、お久しぶりです」

「しばし顔を見ていなかった。相変わらず下劣な趣味を持っているようだな」

どうやらアレンシュタインは死体袋とすれ違ったようだ。そのことを咎《とが》める。

通常、ゾディアック教団は快楽に寛容で、殺人を咎める教義もない。欲望と自由に忠実であれ、というのがその教えなのだが、だからこそ逆にそれを嫌うものがいる。

欲望と自由を嫌う〝自由〟もまた保証されていたのだ。

ケイオーンはアレンシュタインが決して自分のことを好いていないことを知っていたので、今さら媚《こ》びを売るような真似《まね》はしなかった。

「……アレンシュタイン様、いつも魔の島で研究に明け暮れているあなた様が、今の時期になにに用なのですか。あなた様のもくろみ通り、海の化け物は予定よりも早く蘇《よみがえ》りましたが」

「たしかに予定よりも早く蘇ったが、予定よりも早く眠られては困る」

「そのようなことがないように評議会をそそのかし、生《い》け贄《にえ》の儀を遅らせております」

「しかしそれは失敗しただろう。結局、アナハイム家の養女が生け贄の儀を執り行うと聞いたが」

「お耳が早い」

「しかもこの街の艦隊が出動するそうではないか」

「たしかにその通りですが、まだ俺の策は未発に終わったわけではありません」

「というと？」

「艦隊はまだ半分は止められるということです。実はその艦隊の主、ブライエン家は今、娘婿を探しています」

「ほう、このような時期に」

「そうなのです。一週間後、その娘婿を決める武術大会が開かれます」

「なるほど、そこで優勝し、ブライエン家の当主となるのか」

「そうです。ケニー・ブライエンは俺のことを蛇蝎《だかつ》のように嫌っていますが、約束は守る男。俺が優勝すればあの家の娘レヴィンは俺のものです。ブライエン家の家督もね」

「艦隊提供を断れるというわけか」

「左様です」

「悪い策ではないな。問題があるとすれば、その大会に〝あの少年〟が参加することくらいか」

「あの少年とはまさか〝神々に育てられしもの〟ですか？」

「ああ、そうだ」

神々に育てられしもの、その名はゾディアック教団の中でも広まっていた。ゾディアック教団の武《ぶ》の象徴である二四将を何人も倒し、何人もの司教を失脚させてきたのだ。いわば目の上のたんこぶ、不倶戴天《ふぐたいてん》の敵だった。

ケイオーンは一瞬、心をざわつかせたが、すぐにとあることに気が付く。

（……これほど教団を難儀させている敵を排除することができれば、俺の株は上がるのではないか）

もし、神々に育てられしものを殺すことができれば、俺は司教に、いや、司教長になれるかもしれない。

そうケイオーンは心を逸《はや》らせた。

一方、アレンシュタインがケイオーンに大した期待はしていないことは明白であった。無表情でこの俗物を見下ろしていた。ただ、司教長という立場上、無為無策で教団の敵に挑ませるようなことはできなかった。

教団の神器である宝玉を与える。

「こ、これは、二四将を宿したといわれる伝説のアーティファクト⁉」

「そうだ。これを使わなければおまえに勝機はない。あの少年は最強の神々に育てられたのだからな——いや、この宝玉を使ってもおまえでは……」

おまえの実力ではどうあがいても勝てない、そう皮肉を言っているのだが、ケイオーンは気にせず宝玉を受け取ると、深々と頭を下げた。

（……まあいい、魔術の神ヴァンダルの最後の弟子の力を測るには丁度いいだろう。それにこの愚物を倒せないのであればシーサーペントなど傷つけることもできまい）

そう思ったアレンシュタインはきびすを返す。この俗物と同じ空気を吸っていたくなかったのだ。それに付き従うように同行していたメイドもきびすを返す。

それによってやっとケイオーンは同行者の存在に気が付いたが、そのことを指摘することも、気に掛けることもなかった。

若く、美しい娘だったので、アレンシュタインも男だな、と思った程度だったが、あることに気が付く。

「………そういえばこの娘、一〇年以上前にも見たことがあるぞ」

あれはまだケイオーンが教団に入信したての頃だった。まだ教団になにも貢献できず、最下層の信者として教団の祭典に参加したのだが、そのときも彼女はアレンシュタインの横に寄り添っていた。

――それはいいのだが、不思議なのは一〇数年が経過しているというのに少女が一向に歳《とし》を取っていないということだった。最初はエルフかと思ったが、違う。彼女はどこからどう見ても〝人間〟だった。

(不老不死の妙薬でも完成させたのだろうか……あるいは……)

ケイオーンはしばし考察したが、すぐにその考察を忘却させる。

司教長の一メイドなど、ケイオーンには関係ないからだ。

ケイオーンは一週間後に行われる武術大会で、どう残虐にウィルを殺すかだけを考えることにした。

†

邪教徒どもの企《たくら》みに気が付くことなく、武術大会当日は訪れる。

ブライエン家の庭先は人で溢《あふ》れていた。

ブライエン家の娘婿になろうと、交易都市中から腕に自信があるものが集まったのだ。

傭兵《ようへい》に水夫、魔術師や軍人もいた。

ここまで多様にして多彩な人々が集まったのは、ブライエン家が巨額の宣伝費を掛けて大会の告知をしたからだ。

「剛のものがたくさん集まればレヴィンの善い婿が見つかるだろうて」

要はケニーさんの親心だった。なんだかんだで彼は姪《めい》に甘いのだ。

ただ、抜け目ない商人でもあるようで、観客から高額の観戦料を徴収し、宣伝費のかなりの部分を回収していた。さすがは評議会一の商人である。

改めて感心していると、武術大会の宣誓が始まる。

「この大会で優勝したものを剣の勇者レヴィンの夫とし、ブライエン家の家督を相続させる」

その言葉に盛り上がる参加者。

以後、細かなルールの説明に入るが、ルナマリアが話し掛けてきた。

「ウィル様、とても嬉《うれ》しそうですね」

「うん、僕の考えた通りに事が運んでいるからね」

「まあ、そうなんですか」

「そうだよ。今、宣言したけど、さっきの宣言書には重要な言葉が入っていない」

「と申しますと？」

「ケニーさんは優勝したもの、って言ったんだ。優勝した男、とは言っていない」

「もしかして。ウィル様も参加されるのですか？」

「そうだよ、僕が参加して優勝する」

「そしてレヴィンさんと結婚されるのですか」

「まさか、僕の今の姿を見て」

「私には見えません」

「僕は女の子の格好をしているんだよ。この国では同性同士の結婚は禁じられている」

「なるほど、それを盾に結婚を破談にさせるんですね」

「そういうこと。一時しのぎにしかならないけど、レヴィンが結婚しようとした結果、大会の優勝者が女性で結婚できなかった、となる分には、約束の艦隊も貸してくれると思うし、レヴィンも自分を見つめ直す時間を貰《もら》えるだろう」

「さすがはウィル様です。なんという知謀」

「悪巧みに属するものだけど、これもこの交易都市とレヴィンのためだよ」

「しかし、艦隊とレヴィンさんのご結婚は、直接は関係ないのでは？」

「関係ないことを関係あることに見せかけるのはローニン流の豪《ごう》の業《わざ》」

「まあ」

と呆《あき》れるルナマリア。

「関係あることを見抜き、相手の心理を突くのはヴァンダル流の柔の業」

「いったい、どっちなのですか？」

「それはケニーさんに聞いてみないと。ただ、ケニーさんも言い訳はほしいのだと思う」

「言い訳ですか」

「うん、艦隊を派遣する言い訳が。彼はブライエン商会の主だけど、勝算や利益のない戦いに艦隊は供与できない。僕はその言い訳を考えただけだよ」

「なるほど、商人といえば利に聡《さと》いというイメージがありますが、大変なのですね」

「そういうこと。この上は僕たちに投資したことを後悔させないことが、ケニーさんの義《ぎ》俠《きょう》心に報いる道だと思う」

「そうですね。そのためにもまずは武術大会で優勝です」

「だね」

そうまとめると件《くだん》のレヴィンがやってくる。

「ウィル少年～」

彼女は半泣きで僕の胸に飛び込んでくると言った。

「少年のようなか弱きものを武術大会に送り込んでしまってすまない」

「なにを言ってるんです。僕は巨人にだって打ち勝ったじゃないですか」

「……そうだった。あまりにも女の子っぽいので忘れていた」

「まったく、もう」

「怒らないでくれ、少年。しかし、そんなひらひらな服で戦えるのか？」

「もっと動きやすい格好をしたいですが、あまり女の子っぽくない格好をすると、男だとばれてしまうので」

「そんな心配はないと思うんだがなあ」

「あるんです」

と断言すると、僕は一回戦の会場へ向かった。

ちなみに一回戦はバトルロイヤル。そこで参加者一六名と戦って、最後のひとりになれば準決勝に進める。単純というか、大雑把というか……。

「予選からトーナメントをやっていたら時間がいくらあっても足りない」

レヴィンはケニーさんの思惑を語るが、たしかにそれは言えた。

「まあ、どっちにしても優勝すればいいのだけど」

と言っていると、参加者と思わしき大男が下卑た笑いを漏らす。

「なんだ、この武術大会は女付きなのか。予選の会場でも楽しませてくれるとはさすがはブライエン家、豪儀だな」

その品のない笑いに頭が痛くなる。ルナマリアとレヴィンも同じだ。

「このような輩《やから》はどこにでもいるものですね」

と力なく笑った。

「あたしが男と偽って旅をしていたのは、この手の手合いと関わりあいになりたくなかったからだ」

　と嘆く。

　女性がこのような輩に絡《から》まれることを宿命づけられているのだとしたら、とても可哀想《かわいそう》である。男子として申し訳なく思ったので、僕はこいつに恥をかかせることにする。

　軽く腰のものに手を添える。それを見て警戒する下卑た男。

「おっと、気の強いお嬢ちゃんだな。だが、こんなところで私闘をしていいのかな。予選に参加させてもらえなくなるぜ」

　だから、どうだ、あっちの陰で俺のナニを可愛《かわい》がってくれ、と続けるが、それ以上、その臭い口を開かせたくなかった僕は種明かしをする。

「人様にナニを可愛がらせるよりもまず自愛を覚えたほうがいいと思うよ」

「この小娘が」

「いや、そんなにすごんでも。下半身素《す》っ裸《ぱだか》だと格好悪いよ」

「……なんだと」

　下卑た男は自分の下半身を見る。するとそこには布きれ一枚もない。地面には先ほどまで男が着ていたズボンの切れ端が散乱していた。

「な……なんだこりゃ⁉」

顔が真っ赤になる男。シャツでナニを隠そうと必死だ。

周囲の観客や参加者は指をさして笑っている。

「おまえはわたしが剣を抜いたのも分からないほどの腕前しかない。悪いことは言わない。怪我《けが》をしないうちに立ち去るんだね」

「あ、あの一瞬で剣を抜いていた⁉　しかも俺のズボンだけを切り裂くなんて」

男は顔色を赤から青に変えると、慌てて逃げ出す。

その喜劇を周囲のものは面白おかしげに見る。特にレヴィンは痛快に笑う。

「さすがは少年だ。最高に爽快だったぞ」

「つまらぬものを斬りました」

ダマスカスの剣を鞘《さや》に納める。

「あとで消毒するといい。さて、これから予選だが、この調子ならばなにもアドバイスはいらなそうだな」

「スカートをはためかせずに動く方法が知りたいです」

「それはあたしが知りたい」

スカート姿のレヴィン、彼女はまだスカートになれていないようで窮屈そうだ。ちなみに彼女は冒険者のような格好をしている。先日再会したときはどこぞの令嬢のような格好をしていたが、ケニーさんと交渉してこの格好をする権利を勝ち取ったのだそうな。

「まあ、あたしは根っからの戦士だからね。ひらひらは似合わない」

「そんなことないと思いますけど」

「あるのさ。少なくともあたしの股はそう言っている。すうすうしてかなわないと」

「なるほど、気持ちは分かります」

たしかにスカートというものはすうすうする。

「それにこの大会が終わればシーサーペント討伐が始まるんだ。今、交易都市中から水兵を集めている」

「まさか、この大会にレヴィンさんも参加するんじゃ」

「募集のお触れにあたしは駄目とは書いてなかったよ」

「策士だなあ」とジト目で見ると、彼女は「はっはっは」と笑う。

「冗談だよ。あたしは参加しない。さすがにおじ上に怒られる」

「たしかにあのような啖呵《たんか》を切ったあとに自分で参加したら駄目だよね」

「そういうこと。さあて、海神様と戦う前に景気づけをしておくれ。ウィル少年なら、予選の一六人なんてあっという間に倒せるだろう」

「あっという間は無理です。そうですね、四分でしょうか」

「三分にしておくれ。この乾麺がほぐれる前に」

と言うと彼女は懐《ふところ》から乾麺を取り出し、それをカップに入れ、湯を注ぐ。麺がほぐれるまでに決着を付けてくれ、とのことだった。

まったく、相変わらず自分勝手な人だな、と思いながらも了承する。一分くらい、頑張れば縮められると思ったのだ。それにこの会場からは厭《いや》な空気が漂っている。

予選参加者の中にはいないようだが、この会場のどこかに邪悪な存在を感じるのだ。かつて何度も戦った悪魔の雰囲気を思い出す。

ルナマリアも不穏な空気を感じているようで、こくりとうなずいている。

「肩慣らしに丁度いい。こっちの予選会場にいないということは、必然的に準決勝か決勝で当たるはずだし」

僕はそう言い切ると、予選会場の舞台の上に立ち、開始の合図を待った。

進行役が予選の開始を告げると、僕を無視し、戦いが始まる。

この予選会に参加しているのは僕以外、男だけだった(いや、僕も男だけど)。先ほどの下卑た男と違って、皆、多少なりとも紳士的な心を持っているようで、真っ先に女を狙うものはいなかった。

しかし、それは戦略的に大いに間違っている。こういったバトルロイヤルならばまずは一番強いものを皆で叩《たた》くべきであった。

僕はその基本的な戦略を思いださせるために、手近にいた太めの男に蹴りを入れる。ハイキックを後頭部に見舞うが、アナハイム家のご令嬢らしく、下着は見えないように細心の注意を払いながら入れた。

次いで掌底を大男に見舞い、気絶させると、会場の空気を一変させる。

観客は歓声を上げ、参加者たちは僕をじろりと見る。僕を放置すれば負けるとやっと気が付いたのだ。

──放置しなくても負けるのだけど。

その後、襲いかかる戦士の剣をダマスカスの剣でへし折り、武闘家を聖なる盾で昏倒《こんとう》させ、魔術師の魔法を魔法で封じ、傭兵《ようへい》の武器を奪ってそれを喉元に突きつけ、僕の実力が圧倒していることを皆に周知させる。

二分と五〇秒ほどで一三人倒すと、残りは恐怖に駆られ、皆、即席の闘技場から逃げ出す。要は僕は二分五八秒でけりをつけ、予選を勝ち抜いたのだ。

ふう、と軽く掻いた汗を拭うと、ルナマリアは、

「さすがはウィル様です。戦乙女のように勇ましかったです」

と タオルで僕の汗を拭ってくれた。

レヴィンは乾燥麺をすすりながら、

「さすがは少年」

と喜んでくれた。

「スカートをはためかせず、あそこまで動き回るとは」

妙なところも感心してくれる。

「スカートを気にしなければあと三〇秒は縮められたかな」

「やはりスカートは戦闘に向かないな。ズボンに戻そうかな」

レヴィンが本気にしそうだったので、冗談である旨《むね》を伝える。

「冗談です。スカートのほうが放熱性があって活動しやすかったですよ」

「なるほど、たしかにあたしの場合は下着などどうでもいいから、スカートのほうが有利かもな」

「そうです」

と言っておかないとせっかくズボンを捨ててくれた意味がなくなる。ケニーさんに申し訳が立たなくなるので、頑張って説得する。

その後、観客の熱狂的な歓声に包まれながら控え室に戻る。

今日のうちに準決勝を行うのだが、肝心の対戦相手はまだバトルロイヤル中だった。どのような人物が準決勝で当たるのだろうか。

執事のハンスに偵察に行ってもらうと回答を貰《もら》う。

「準決勝の相手は女剣士のようです」

まさか、とルナマリアと顔を見合わせる。女剣士と言えばヒフネさん。ローニン父さんの師匠のお孫さん。僕と少なからぬ縁がある人物だが、まさかこんなところで――。

「再会はないか。もしもヒフネさんならば僕より先に勝ち上がってないと変だもの」

と思い至る。

「たしかにそうですね」

ルナマリアも首肯するとおり、彼女の剣の腕前は僕以上。こんな大会の予選で苦戦などするはずはなかった。事実、準決勝の会場に現れたのは、別の女戦士だった。

張り詰めた空気を持った戦士で、昔のレヴィンに雰囲気が似ている。女であること自体に、違和感を持っているように見える。

彼女は宣言する。

「私は子供の頃から男のように育てられてきた。男に負ければそのものの妻になる宿命を背負わされている。そんな風習を持つ女傑の村からやってきた」

とんでもない風習だな、と思う。

「ちなみに我は未婚だ。今まで男に負けたことはない」

「なるほど、腕前はたしかそうだ」

「ちなみに女にも負けたことはない」

「じゃあ、今日が初めての敗北になるけど、覚悟はいい？」

「ぬかせ！」

女戦士がそう叫ぶと同時に、試合開始が宣言される。

女戦士は不敗を主張するだけにとても強かった。女とは思えない膂力《りょりょく》で一撃を加えてくる。もしも僕が旅に出たばかりだったら、避けられなかった可能性もある。

しかし、今の僕は昔とは違う。この世界を回ることによって多くの経験を積んでいた。

ヒフネさんという剣の達人とも剣を交えたのだ。

彼女の隼《はやぶさ》のような剣裁きに比べれば、彼女の動きは雀《すずめ》のようなものだった。

――もっとも雀を捕まえるのは案外難しいのだけど。

正面から戦えば力負けする可能性を悟った僕は、足払いを加え、彼女と距離を取ると、魔法を詠唱する。傷つけずに彼女に勝つには、魔法が一番だと思ったのだ。

僕はダマスカスの剣に《束縛》の魔法を掛ける。

相手を痺《しび》れさせて戦闘不能にする魔法だ。

これで思う存分、剣を振るえる。ヒフネさんとの決闘で会得《えとく》した『天息吹活人剣《てんいぶくかつじんけん》』を使えると思った。

左手の盾は尋ねてくる。

『あれ？　その必殺技って相手を傷つけない技じゃないの？』

「そうだよ」

『そんななまっちょろい技で、あのゴリラみたいなお姉ちゃんは止められるの？』

「無理だと思う。だから今回使うのは天息吹活人剣 ver.2.0だね」

『おお、バージョンにーてんぜろ、かっこいい！』

子供のようにはしゃぐ盾は、

『にーてんぜろもいいけど、まーくつーもかっこいいよね』

と薦めてくる。必殺技の名前などどうでもいい僕は、盾の機嫌を取るため、マークツーに改名する。

『天息吹活人剣マークⅡ』

技の名を叫ぶと同時に抜刀術。この技は神速の抜刀術にさらにひねりを加え、峰打ちに変化させることで神速を超える技だ。その速度にかなうものはいないが、その代わり殺傷力はない。

ただ、僕がほしいのは、速度と〝油断〟だった。

一撃目の抜刀術、それに耐える女戦士。《束縛》魔法も付加してあったが、それさえも彼女は耐えてみせた。

しかしそこで油断した女戦士、彼女は二撃目を予想していなかった。

僕はくるりと抜刀術を放った勢いを使ってそのまま鞘《さや》に手を添える。その鞘には刀身よりも強大な束縛の魔法が掛けてあった。

そう、一撃目は彼女を油断させるフェイクだったのだ。マークⅡの肝はここにあった。

二撃目を予想していなかった女戦士は、そのまま束縛の魔法によって痺れると、戦闘不能となる。つまり僕は準決勝も勝ったのだ。

観客たちからは割れんばかりの拍手がもたらされる。

勝利を確認した僕は、束縛の魔法を解除すると、彼女にポーションを渡す。

彼女は善い敗者《グッドルーザー》で、素直に負けを認めると僕の実力を賞賛した。まさかこんな大会でおまえのような実力者と出会えるなんて、と肩を叩いてくれる。

「人生初の敗北が君で光栄だ。もしも男に負けていたら、君と結婚せねばならなかった」

「……あはは」

苦笑いを漏らしてしまう。話をそらしたかった。

「それにしても婿取りの大会に出場しようとは変わっていますね」

「変わってるだろう。それは認める。もちろん、レヴィン嬢と同性婚をするつもりはない。単に腕試しで出たまでさ」

「なるほど、ではあなたが優勝しても問題なかったのか」

「ん？　どういうことだ」

「いえ、なんでもないです。また機会があれば剣を交えてください」

「望むところだ。先ほどの技、天息吹活人剣を私にも教えてくれ」

「マークⅡを忘れていますよ」

盾のためにそう付け加えると、互いに笑みを漏らし、別れる。

明日の決勝は必ず応援にきてくれるそうだ。とても心強かった。

†

準決勝を終えると、決勝参加者はふたりとなる。

当たり前であるが、そうなれば僕以外のもうひとりが「悪魔」である可能性は高い。その懸念《けねん》を口にすると、レヴィンがその根拠を尋ねてくる。

「ルナマリアが大地母神から託宣を受け取ったんだ。それにうなじの辺りがぞわぞわする」

レヴィンは僕のうなじをじっと見つめると、「色っぽい……」と見当違いなことを言ってくる。恥ずかしいのでうなじを両手で隠すと、話を続ける。

「ルナマリアの託宣は確実に当たる。それに僕の勘も捨てたもんじゃない。ミリア母さん譲りなんだ」

「なるほど、信じるよ。少年の勘を」

「ありがとう」

そのようなやりとりをしながら、空を見上げる。この同じ空の下に悪魔がいるかと思うと戦慄を覚える。ただ恐れはしない。早くその悪魔が誰か確認し、問題を解決したかった。

それは思わぬ形で叶《かな》えられることになる。

準決勝が終わると、控え室に衣装箱が届けられる。

箱を開けるとそこにはパーティー用のドレスが。

「ほえ……」

きょとんとしていると、それがこの館の主のプレゼントだと分かる。ドレスに添えられていた手紙を読む。

「まさか、ウィルへミナ嬢が大会に参加してくるとは思わなかった。さすがはシーサーペントと戦おうとする女傑、その実力は申し分なし。ただ、決勝の相手、グランド商会のケイオーンは生半可ではないぞ。おぬしでも勝てないかもしれない」

「決勝の相手は商人なのか。珍しいな」

まあ、商人と言っても海商などは自分の船に乗り込み、船長も務める。戦士や傭兵《ようへい》のように荒事になれているものも多い。

「問題なのはこのあとの文章だな」

手紙の続きに目を通す。

「グランド商会のケイオーンは人間的にも卑劣。試合の最中、なにをするか分からん。十分に気をつけられよ」

つまりケニーさんは僕を心配してくれているようだ。有り難《あ がた》くはあったが、ならばそのあとにこんな文章は入れないでほしい。

「今日は戦いで疲れているだろうが、明日への英気を養ってほしい。今日の英雄的な活躍を褒《ほ》め称《たた》えたいので、今夜開かれる舞踏会に出席してくれ。準決勝に参加したものはすべて呼んである。楽しまれよ」

「つまり慰労のパーティーにご招待ということですね」

ルナマリアがまとめる。彼女の分のドレスもあった。

「うーん、困ったな。こんなドレス着られないよ」

「身体《からだ》があれば誰でも着られるのがドレスのいいところですよ。寸法も合っているようですが──」

「そうじゃなくて、僕は男の子だよ?」

「今はウィルヘミナ嬢です。ケニーさんに怪しまれたら元も子もありません。パーティーに参加しましょう」

「たしかに男だとばれたら計画が台無しだ」

そういう論法で自分をごまかすことにする。それに準決勝出場者は皆、参加するようだ。先ほどの女戦士とも再会できるし、決勝で戦うことになるケイオーンも見ることができる。敵を知り、己を知れば百戦危うからず、偵察をするのは悪いことではない。

そう自分を納得させながらドレスに袖を通すと、アナハイム家のメイドに化粧をしてもらった。

鏡の前に立つ。

「………」

悔しいのか、恥ずかしいのかは分からないが、とても可愛《かわい》らしい女の子がそこにいた。

まったく、女顔になど生まれるものではない。心の底からそう思った。

†

パーティー会場は華やかな空気で包まれていた。

交易都市シルレの名士が集まり、会話に花を咲かせている。

そんな会場にルナマリアと共に現れると、歓声に包まれる。

「おお、あれが噂《うわさ》のウィルヘミナ嬢か」

「武術大会の決勝に残ったと聞いていたから、どんな豪傑かと思えば、線が細い美女ではないか」

「美しいな、我が息子の嫁にしたい」

「自分の、の間違いではないか？」

笑い声が漏れるが悪意はない。

中には僕が生け贄《いにえ》の振りをしてシーサーペントと戦う作戦の概要を知っているものもいて、僕の強さを頼もしく思ってくれるものもいる。そういった意味ではこの格好で武術大会に出たのは良い結果になったといえる。

棚からぼた餅であるが、それよりも気になるのは、会場の端にいるケイオーンだった。

かなり離れているというのに殺気がびんびんと伝わってくる。僕を殺したくて仕方ないようだ。

「邪悪な空気に満ちています。もはや彼は人間ではないと見なすべきでしょう」

さすがは神聖なる巫女《みこ》様。邪悪な存在に敏感のようだ。

「だね。なんらかの力で二四将の力を手に入れている……いや、二四将そのものになっていると見ていいだろうね」

「はい」

「ならば開幕一番、全力で行くね。大会会場ではだけど」

「あの殺気です。ここで戦闘にならなければいいですが……」

ルナマリアの心配も分かるが、それはないだろう。無論、ケイオーンの理性を評価しているのではない。その横にいる奇妙な人物がそのような真似《まね》はさせないと思ったのだ。ケイオーンの横には真っ黒なローブを着た老人が控えていた。とても深い知性を感じさせる老人だった。彼は理知的で紳士的な雰囲気を持っており、ケイオーンを支配下に置いているように見えた。彼がいる限り暴発することはないだろう。

そのように考察しているとルナマリアが声を掛けてくる。

「先ほどからあの老人を見ていますが、お知り合いなのですか？」

「ううん、会ったことはない。でも、なにか特別な感じがする」

「たしかに邪悪なオーラをまとっています。――いえ、正確には灰色のオーラでしょうか。正邪両方の気配を感じます。ゾディアック教の人間と見て間違いないでしょう」

「……あの雰囲気、誰かに似ている気がする」

「雰囲気ですか」

「そう、身近な誰かに」

「身近と言えば神々ですが」

「……そうだね。そう、ヴァンダル父さんに似ているんだ」

「お顔が似ているのですか？」

「ううん、そうじゃない。雰囲気とかたたずまいが、なんだけど」

説明をしにくいので、それ以上は言語化できない。それにこれは僕だけが感じていることだった。長年、ヴァンダル父さんと一緒に過ごしたものだけが分かる感覚だった。

そう思った僕は彼に会って直接話そうと思った。彼に並々ならぬ宿命を感じたのだ。

彼も同じことを思っていたようで、近づいてくる。ちなみにケイオーンはお留守番だ。

善く躾《しつ》けられた犬のようにその場に留まっていた。

魔術師の老人、彼と会話のできる距離になると、開口一番に言った。

「はじめまして、兄弟弟子よ」

「……兄弟弟子」

「直接の面識はないが、私とおまえは兄弟弟子。私は大昔、おぬしの父親、魔術の神ヴァンダルの私塾に通っていた」

「やはりそうなのか。父さんと同じ雰囲気を纏っていた」

「ヴァンダル様ほどの魔力も知恵もないが」

「父さんほどの魔力は誰も持ち得ない。しかし、父さんの弟子がなんでゾディアック教の手下に」

「勘違いしないでほしい。私はゾディアックに魂を売ったのではない。貸しただけだ。とある目的を成就《じょうじゅ》させるために」

「とある目的？　それはなんなんだ？」

「それはもう少し親交を深め合ってから教えようか」

「一緒にダンスでも踊ればいいのかな」

「まさか。私はダンスが苦手でね。君のお父上と一緒だ。研究馬鹿なんだ」

「ならばどうやって」

「そうだな……、まずは我が実験動物であるケイオーンを殺せ。やつには二四将の魂を移封したアーティファクトを渡した」

「自分の部下を動物って」

「やつの本性は畜生だからな」

「やつを倒せばもう悪事は働かないのか?」

「それは約束できないが、やつを倒し、シーサーペントを倒したら、それに応えられるかもしれない」

老魔術師はそう言い残すと、立ち去っていく。ケイオーンもそれに付き従うが、すれ違うとき、僕を睨《にら》み付けるのを忘れない。

火花が散るが、安い挑発に乗せられるほど愚かではない。

完全に無視をすると、すれ違い様にひとりのメイドが頭を下げてくる。可愛らしい人形のようなメイドさんが恭《うやうや》しく声を掛けてくる。

「主《あるじ》の連れの無礼、お許しください」

ケイオーンのことだろう。直接の雇用関係ではないようだが、それでも頭を下げるとは見上げたメイドさんだ。礼儀正しさと可憐《かれん》さに思わず頬を染めてしまうが、女装している僕がじいっと見つめるのは変だろう。表情を作り直すと返答する。

「気になさらないでください。あのような輩《やから》には慣れています」

「あなたのような可憐なお嬢さんは不愉快な出来事に巻き込まれることも多いでしょうね」

普段は男子であるが、それでもそうなのでこくりと頷《うなず》く。

「あなたは先ほどの老魔術師のメイドさんなんですよね」

「はい」

「ならばこのようなことは止めるように説得してくれませんか。彼はヴァンダル父さんの弟子。ならば分別ある魔術師のはず」

「それはできかねます。なぜならばわたくしはあの方の〝人形〟。あの方が烏《からす》は白いと言えば白いですし、あの方が世界を破壊すると言えばそれをお手伝いします」

狂気に満ちた回答であるが、はっきりとした意志を感じさせる。彼女自身は正常な判断力を持っているように見える。――だからこそ恐ろしく感じた。しばし、彼女を見つめると、彼女はスカートの端を摑《つか》み、ぺこりと礼をして立ち去っていく。

ルナマリアのところに戻り、彼女を安心させる。彼女はメイド少女にも興味を示したが、悪魔ケイオーンについて言及する。

「ウィル様、よくぞケイオーンとの私闘を回避なさいましたね」

「今、ここで剣を交えなくても決勝で戦うからね」

僕がそう言い放つと、彼女もにこりと同意し、「決勝では一刀のもとに斬り伏せてください」と言った。「分かった」と軽く了承すると、後方が騒がしいことに気が付く。

振り向くと見知った女の子が人垣をかき分けて乱入してきた。

アナハイム家のカレンだ。

南国の鳥のように着飾った彼女は、スカートの端を持ちながら、こちらに駆け寄ってくる。

「ウィル様、いえ、ウィルへミナ様、なぜ、パーティーに参加されると教えてくれなかったのです。おかげで遅れてしまいました」

彼女の能天気な台詞《せりふ》が、緊張の糸を解きほぐす。

彼女の屈託のない笑顔は、場の雰囲気をよくする魔法のような効果があるようだった。

それに彼女が手を引いている人物も。

カレンはレヴィンの手を引くと、

「さあ、レヴィン様も恥ずかしがらずに」

とパーティー会場に引き連れる。どうやらカレンはレヴィンの部屋に乗り込んで彼女を引っ張ってきたようだ。着慣れぬドレスに戸惑うレヴィンをどうやって説得してきたか知りたいが、その叡智《えいち》を知るよりも先にすべきは彼女たちのドレス姿を褒めることだろうか。

昔、ミリア母さんがおしゃれをしたときのことを思い出す。

彼女は神々の会合に出ると新しいドレスを下ろしたのだが、男性陣には不評というか、ドレスを新調したことさえ気が付かれなかった。彼女は憤慨し、あのような朴念仁にはなるな、と幼い僕に言い聞かせたものである。

女がドレスをまとったら褒める。さすれば喜ぶ。

それは水が高いところから低いところに流れるよりも、太陽が東から西に昇るよりも、確実な真実なのだ。

だから僕はカレンの南国の鳥のような鮮やかなドレスを、

「とても色彩豊かだ。カレンの笑顔との相性ばっちりだね」

と褒《ほ》め称《たた》えた。

恥ずかしがるレヴィンには、

「その向日葵《ひまわり》のようなドレス、レヴィンの綺麗《きれい》な金髪に映えてるね」

と褒める。

その言葉を聞いたカレンは両頬に手を添え、

「なんという詩的な褒め方。さすがはウィル様ですわ」

と黄色い声を上げた。

レヴィンは顔をさらに真っ赤にさせ、頭から蒸気を出している。

女性を褒め称えたらあとはダンスに誘う。

これは物語から得た常識であるが、周りを見渡せば間違っていないようなので、真似をする。

まずはカレン、次いでレヴィンを誘う。女同士であるから周囲は奇異の視線を送ってきたが、どんな格好をしても男らしくすれば男に見えるものだ。三〇分ほど踊ると誰も好奇な視線は送ってこなかった。

当たり前の光景のように僕たちの踊りを眺めてくれる。

小一時間ほど踊るとダンスの要領にも慣れた僕。それなりに踊れるようになる。そうすると会場の未婚の男性たちが「是非、わたくしと」と声を掛けてくれるが、それらの誘いは丁重に断ると、壁の花になっていたルナマリアのところへ向かう。

彼女は壁の際でたぐいまれな美しさを主張していたが、巫女服を着ていたため、男性陣から声を掛けられることはなかった。

ただ、静かに会場の音楽に聴き入っていた。

ルナマリアに近づくと、彼女はにこりと微笑《ほほえ》む。僕のダンスを褒めてくれる。

「お上手な踊りでした。初めてとは思えません」

「社交ダンスは初めてだよ。見よう見まね。山では音楽に合わせて適当に踊るだけ」

「なるほど、でもそれはそれで楽しそうです」

「うん、でも社交ダンスはここでしかできないから。ルナマリアも一曲、どう？」

「私がですか？」

きょとんとするルナマリア。

「見ての通り私は巫女《みこ》服のままです。この姿で踊るのは無作法というもの」

「それなんだけど、どうして巫女服なの？　ケニーさんはドレスを用意してくれたのに。サイズが合わなかったとか？」

「ぴったりでしたよ。どこで採寸したのでしょうか、という感じでした」

「さすがは一流の商人」

「しかし、私は大地母神に仕える巫女なのです。華美や奢侈《しゃし》に走るのは堅く戒められています」

「なるほど、教義によってドレスを着ることを禁じられているのか」

「そういうことです。ですので他の女性と踊ってくださいまし」

ルナマリアは残念そうに言うが、そんなルナマリアの右手を強引に摑む。

「ウィ、ウィル様⁉」

「ドレスは禁じられているけど、踊りは禁じられていないんだよね？」

「そ、それはそうですが、しかし、この格好では」

「そんなこと誰も気にしないよ。──少なくとも僕は気にしない。さて、事後承諾になりますが、ルナマリア、僕と一緒に踊ってくださいませんか？」

そう言うと彼女の腰に手を添え、ステップを踏む。

彼女は恥ずかしげにステップを真似《まね》るが、最初から彼女のステップは完璧だった。どうやら先ほどから耳でステップを確認していたようで、完璧に踊りを覚えていたようである。

そのとき、彼女はイメージで架空の誰かと踊っていたはずであるが、その人物は誰であったのだろうか。

ウィルという少年であるといいが。そんなことを夢想しながら踊ると、会場のものの視線は僕たちに集まる。皆、見事な踊りに驚いてくれていた。最高の相性を示す僕たちを賞賛してくれた。

曲が終わると彼らの間から自然と拍手が漏れ出る。

その日、一番の拍手を貰《もら》った男女は、一生、幸福に人生を過ごすという言い伝えがあるのだという。素敵な言い伝えだと思ったが、片方が女の子の格好をしていても成立するといいのだが。

心の底からそんなことを思いながら、その日の宴《うたげ》は終焉《しゅうえん》を迎えた。

†

一時の安らぎである宴が終わりを告げると、決勝戦当日となる。

早朝、僕は誰よりも早く起きると、剣の素振りをし、ランニングをする。

熱いシャワーと冷水を交互に浴びると身を引き締める。

ストッキングは身に着けるが、下着だけは男性もの。レヴィンのために女装はしているが、心まで女の子になったつもりはない。

ストッキングを太ももの根元までまくし上げると、

「よし！」

と身支度を整える。

カレンのメイドたちに化粧を施してもらうと、そのまま決勝の会場へ向かう。

決勝戦の会場はすでに観客で満ちあふれていた。

昨日、戦った女戦士などの姿も見られる。

視線が合うと手を振ってくれる。

しかし、それにしても人が多い。この人たちから全員、観戦料を取っているのだから、

今回の花婿探しは商売として成立するかもしれない。

そう漏らすとレヴィンが首肯してくれる。

「おじ上は商魂たくましいからなあ。すでに興業事業への進出も考え始めたらしい」

「……さすがだね」

そのようなやりとりをすると、舞台の上に上る。すでにそこには対戦相手がいた。

グランド商会のケイオーンだ。彼は拳にナックルを着けている。どうやら拳闘士タイプの戦士のようである。

舞台袖からレヴィンが情報を教えてくれる。

「ケイオーンは若かりし頃、拳闘の賭け試合で資金を貯《た》めて船を買ったんだ。その後、海賊まがいのことをしながら商売を軌道に乗せたらしい」

「武闘派商人ということか」

「ああ、なかなかの使い手らしいが、それでも神の子には遠く及ぶまい。ウィル少年、格の違いを見せつけてやれ」

「了解――」

とは言ったものの、実はそれほど楽観はしていない。先日からケイオーンにはただならぬ気配を感じていた。否、正確には彼が懐《ふところ》に隠し持つ神器に。

やつの懐からはただならぬ邪悪な気配が漂っていた。

ルナマリアもそれに気が付いているらしく、注意を喚起してくる。

「ウィル様、お気を付けください」

心の底から心配するルナマリア。彼女をこれ以上心配させないため、僕は全力を尽くす。

昨日彼女と交わした約束通り、「一刀のもと」に決着を付けることにしたのだ。

進行役が試合開始の合図を出すと同時に、僕は必殺技を放つ。

天息吹活人剣《てんいぶくかつじんけん》ではない。それよりも殺傷力のある『瞬絶殺』である。

この技はカミイズミ流の秘剣で、剣聖カミイズミとその孫ヒフネ、剣神ローニンしか使えない秘技中の秘技であったが、彼らの技術と志を学んできた僕も使うことができた。

先日のヒフネさんとの戦いで会得《えとく》したのである。

瞬絶殺とは、抜刀術をしながら前進することにより、通常の抜刀術よりも速度と威力を稼ぎ出す技だ。口にすれば簡単なのだけど、実際にやってみると難しい。

抜刀術は心を穏やかにし、細心の注意を払いながら剣を抜く技。突進はその真逆の性質を持つ。相反する性質の技を組み合わせるのは、誰にでもできるものではない。

幼き頃から剣の鍛錬を欠かさず、多くの経験を積んだものしか、繰り出すことのできない大技と言えた。僕が使いこなせるのは、神々の英才教育のおかげとも言える。

神々に感謝せねば。瞬絶殺を繰り出す瞬間、そのようなことを考えながら、僕は相手の急所を見つめる。

瞬絶殺が最も効果を発揮する箇所は、相手の首である。そこに攻撃を加えることができれば文字通りクリティカルで、一撃で相手を絶命させられる。

しかし僕は殺人鬼ではない。かつて人だったものを斬ったことはあるが、人間を斬り殺したことはまだないのだ。

甘ちゃんだと言われることもあるが、今日の戦いでも、今後も、なるべくならば人は殺したくなかった。だから僕は首ではなく、やつの右腕めがけ、瞬絶殺を加える。

腕を切り落として勝負を付けようとしたのだ。——しかし、そのような甘い計算はやつには通じなかった。正確にはやつは斜め上の方法で自分の右腕を守った。

やつは右腕よりも自分の首を格下と見なしたのだ。

瞬絶殺の剣の軌道を読むと、やつは体勢を低くし、腕ではなく、首で抜刀術を受け止めた。通常、有り得ない動きであるが、吹き飛ばされた首は空中でこう語った。

「俺は拳闘士でな。腕のほうが首よりも大切なのだ。それにこのアーティファクトがあれば、首など胴体から離れてもどうとでもなる」

そう宣言したとおり、やつの懐にあったアーティファクトが怪しく光ると、やつの身体《からだ》は黒い霧に包まれる。やつの身体は数秒で膨れ上がり、醜く変質、悪魔のような身体を得る。

その姿に会場のものたちは恐れおののく。

主宰者であるケニー・ブライエンは主賓席から立ち上がり、

「貴様！　邪教に手を染めていたのか⁉」

と叫んだ。

邪教――ゾディアック教団はこの都市でも当然のごとく禁教だ。入信が発覚すれば評議会は除名、都市からも永久追放される。

ゆえにケイオーンはしらばっくれると思ったが、彼は意外にも往生際《おうじょうぎわ》がよかった。

ケニーの方へ振り向くと、こう言い放つ。

「これはこれは評議会の重鎮にして、我が義父《ちち》となるお方」

「貴様に義父呼ばわりされる義理はないわ！」

「なるほど、まあ、それは当然ですな。しかし、ならば俺が邪教徒である心配などしなくていい」

「なんだと⁉」

「たしかにこのことが露見すれば俺は評議会から追われることになるだろう。しかし、それは『露見』すればの話。要はばれなければいいのだ」

そう言うと会場の四方から柱が伸びる。そこから魔力の波動が伸び出て、柱同士を結ぶ。

「む、これは⁉」

「おまえたちを閉じ込める籠のようなものだ。それに触れれば灰となるぞ」

ケイオーンは忠告するが、それでもケイオーンの姿を見て動揺した観客のひとりが逃げ出そうとする。当然、魔力の壁に触れることになるが、そのものは一瞬で黒い炎に包まれ、身体を燃やし、灰となる。

「きゃ、きゃああああー！」

その光景を見て貴婦人は叫び、気を失う。

「ご覧の通りだ。これで誰も逃げることはできない。俺はこいつを殺し、俺の姿を見たものを全員殺す。いや、レヴィンだけは生かさねばならんか。ブライエン家を簒奪《さんだつ》するのに必要な大切なコマなのだから」

歪《ゆが》んだ笑みを浮かべるケイオーン。

レヴィンはケイオーンを睨《にら》み付ける。

「ということで、悪いがここにいるものには皆、死んでもらう。なるべく苦痛なく殺してやるから安心しろ」

ケイオーンは愉悦に満ちた台詞《せりふ》を漏らすが、これ以上、やつの好き勝手を許すことはできなかった。

僕は剣を握り直すと、再びやつに瞬絶殺を喰《く》らわせる。今度はやつはそれを悪魔じみた動体視力と素早さで受け止める。

軽く驚く僕。

「まだ俺が演説しているのだ。邪魔をするな」

「それ以上舌を動かしたら、その舌を切り落とす」

「おお、怖いな、それは」

戯《おど》けた口調で言うケイオーン。

「ぬかせ！」

剣を引くと、くるりと回転しながら後方に飛ぶ。するとやつの左腕が先ほどまで僕のいた場所を刈り取っていた。その拳の圧力で舞台に大穴が空く。

「くはは、みよ。この力、この会場にいる人間すべてが束になっても勝つ自信があるぞ」

「なんだと⁉」

剣の勇者レヴィン、それと女戦士は腰の剣を抜き放つが、僕はそれを制止する。

「こいつはわたしひとりで倒します。レヴィンたちは会場の人たちが恐慌《きょうこう》状態にならないように見張っていてください」

「ウィルヘミナ、そいつは化け物のように強いぞ」

「たしかにそうですが、対処法がないわけではないです」

「しかし——」

それでも食い下がるレヴィンに、ルナマリアが諭してくる。

彼女はそうっとレヴィンの肩に手を添えると言った。

「ウィルヘミナ様はこの旅で何人もの悪魔を斬り伏せています。心配は無用です」

「そういうこと」

努めて明るい口調で同意すると、僕は再びダマスカスの剣を鞘《さや》に納めた。

その光景を見てケイオーンは哄笑《こうしょう》を漏らす。

「ふははは、また抜刀術か。準決勝からそればかりではないか」

「光栄に思ってほしいのだけどね。抜刀術はローニン流剣術でも上位に分類される」

「効かないことは先ほどの戦いで証明済みだ。いくら素早く抜刀できても、俺には止まって見える。この悪の右手で払《はら》い除《の》けてくれるわ」

太く、たくましく、醜い右手を隆起させるケイオーン。

そういえば僕はまだ彼の二四将としての名前を聞いていなかった。

尋ねる。

「そういえばあなたの二四将としての名を聞きたい」

「なんだ、急に」

「いえ、このまま知らずに倒すのは忍びなくて」

「クソガキが、言いよるわ。いいだろう。冥土の土産《みやげ》代わりに教えてやろう。俺の名はシルドアス、ゾディアック二四将のひとり、シルドアスだ！」

やつがそう叫んだ瞬間、僕は己の力を解き放つ。これでやつにもう用はなくなった。

今まで何人も二四将と呼ばれる悪魔を倒してきたが、おそらく、シルドアスは弱いほうに分類されるだろう。依《よ》り代《しろ》のケイオーンが小物ということもあるが、もともと二四将としての格が低いのかもしれない。

僕が彼に名を尋ねたのは、今後も倒すことになるだろう他の二四将と対峙《たいじ》したとき、シルドアスが物差しになるからだ。

そんなことを口にすればやつは怒り狂うだろうから、口にはしなかった。

ただ、その代わりやつの生命に終止符を打つ。

僕は高速で移動する。己の身体がふたつになるほどの速度でだ。

その姿を見たシルドアスは驚愕《きょうがく》の声を上げる。

「な、ふたりになっただと⁉」

驚愕の声を上げるが、すぐに冷静さを取り戻す。

「く、こけおどしだ。ただの残像だろう」

やつはそう結論づけると、右手を振り上げる。

「俺の拳は岩をも砕く。死ねぃ！」

そう叫ぶシルドアスに僕は瞬絶殺を放つ。そしてやつの推測が間違っていることも伝える。

「たしかにこれは残像だけど、僕の残像はひと味違うよ」

そう宣言すると、ふたつの影は同時に抜刀術を放つ。

「な、残像が抜刀術だと⁉」

信じられないような顔をしている。当然だ。残像を出しながら高度な抜刀術を放つなど、通常は不可能だ。しかし、僕は神々に育てられた特別製だった。

シルドアスは攻撃を諦め、右手で右からくる残像の抜刀術、左手で左からくる抜刀術を受け止める。先ほどよりも速い速度に戸惑いながらも、シルドアスはふたつの攻撃を同時に受け止めた。

冷や汗を流しながらもシルドアスは勝利の咆哮《ほうこう》を上げる。

「ふははー！　みたか。いくらふたつ同時に放とうとも最強の悪魔である俺を殺すことはできないのだ。俺を殺したければ神をも殺す一撃を加えてみせよ！」

「分かった」

僕は一言だけそう言うと、〝三つ目〟の抜刀術をやつに加えた。

そう僕の残像はひとつではなく、ふたつだったのだ。

空中で作っていた残像――ではなく僕の本体はそのまま薪割《まきわ》りの要領でやつを切り裂く。

首を吹き飛ばしても殺せない悪魔、ならば頭から心臓まで一撃で切り裂ける斬撃を加えるのは当然の処置だった。

最大限まで魔力を込めた必殺の一撃が放たれる。

当然、右手と左手で防御をしていたシルドアスは防ぐことができない。僕の攻撃をまともに食《く》らう。それは彼の死を意味する。

真っ二つに切り裂かれた彼は、「……ま、まさか、こ、この俺様がどうして……」と言い残した。

すでに絶命している悪魔に僕は答える。

「おまえは人の命を弄ぶ悪魔だ。僕はそういった外道相手に何倍もの力を発揮するんだ」

その言葉は届くことがないし、やつに来世というものがあっても、きっとゴキブリかなにかなので響くことはないだろうと思うが……。

こうして僕は交易都市で蠢動《しゅんどう》していたゾディアックの手先を倒した。

それで街に平和が訪れるわけではないが、それでも僅かだけ空気が浄化されたような気がした。

†

二四将と呼ばれる悪魔を倒す。

すると会場の四方から観客を束縛していた柱が崩れ去り、結界が消える。

観客は安堵《あんど》の溜《た》め息《いき》を漏らす。

その後、会場の運営責任者が、観客の安否を確認しながら退出させる。なかにはブライエン家の責任を糾弾するものもいたが、観戦料の返却と迷惑金を支払うことを明言することで、ブライエン家の度量を示していた。

「これでは興業事業は撤退かな」

レヴィンは皮肉気味にそう漏らすと、舞台の上に上がり、僕の活躍を賞賛してくれた。

「まったく、ウィルヘミナはすごいな。こんな化け物を一刀で斬り伏せるなんて」

「逆ですよ。化け物だから一刀に懸けた。全魔力を攻撃に使ったんです。もしもあれで倒せなければ僕がやられていました」

「見事な戦力配分ができていた、ということだな」

「ですね。連戦になっていたらきつかった。いつか、複数の二四将とまみえる日がくるかもしれないと思うと戦慄します」

「そのときはルナマリアと一緒に一匹担当できるくらいの実力を養っておきたいところだが、その前にウィル少年、連戦をしてもらわないといけないのだが」

レヴィンが言う連戦とは敵との戦いを指しているのではない。貴賓室にいる商人との戦いを指しているのだ。

「優勝してくれたのは有り難《あ》《がた》いが、さすがにちゃんとおじ上に事情を説明しないと、へそを曲げて艦隊を貸してくれなくなるかもしれないぞ」

「たしかにその通りだ。ゾディアック教団のことも話しておいたほうがよさそうだね」

レヴィンの機転に感謝しながら、僕は貴賓席にいるケニー・ブライエンのもとへ向かった。

ケニー・ブライエンは大会運営者たちに指示をしている。賠償金や今回の顛末《てんまつ》をどう評議会に報告するかのやりとりをしている。忙しそうなので出直そうと思ったが、僕の姿を見ると人払いをする。

「これは英雄のウィルへミナ嬢、優勝、お見事であった」

声が弾んでいるので僕が優勝したことは怒っていないようだ。

僕の杞憂《きゆう》を話すと彼は、

「当然だ」

と言い放つ。

「わしはたしかに君に一杯食わされた。優勝した『男』ではなく、優勝した『もの』としてしまったのは一生の不覚だ。しかし、だからといって約束を反故《ほご》にするような狭量《きょうりょう》な男ではない」

「たしかに立派なお方です」

観客のことを心から心配しているその様、先ほど不幸にもなくなった観客の家族には多額の見舞金も予定しているらしい。

「わしの管轄する催しで不幸があったのだからな。当然だ」

「ご立派です」

「話を戻すが、君が優勝したのはとてもめでたいことだと思っている。もしも君があの場にいなければ大変なことになっていただろうからな」

「それなのですが、おそらく、ゾディアックの狙いは僕……いえ、わたしです。だから自分の功績を誇るわけにもいきません」

「なんと……」

「――」

ケニーさんに事情を話す。ゾディアックとの因縁、これまでのやつらとの戦いを話すと、ケニーさんは「ふうむ……」と言った。彼は聡明《そうめい》な言葉を発する。

「ならばやはりウィルへミナ嬢に非は一切ない。もし嬢を殺そうとやつがしゃしゃり出てこなくても、どのみちケイオーンのやつは評議会を蝕《むしば》んでいた。ウィルへミナ嬢がいたからこそ、最少限の被害で済んだのだ」

「そう言っていただけると嬉《うれ》しいです」

「当然の結論に至ったまでだ。これくらい想定できなければ商人などできない。ウィルへミナ嬢は我が街の、我が家の恩人だ。艦隊を派遣する約束はより強固になったと思ってくれ」

「有り難いです。――あの、レヴィンさんの件なのですが……」

「ああ、レヴィンの件か。分かっておる。しばらくは無理に結婚させようなどとは思わない。ウィルへミナ嬢の勇気とレヴィンの人を見る目に免じてな」

「本当か、おじ上!?」

横にいたレヴィンは宝くじが当たったかのように喜ぶ。

「ああ、本当だ。それにゾディアックがいかに危険な連中か分かった。もしも魔王が蘇《よみがえ》ればこの世界は大変なことになる。そうなれば商売すらできない世界となるだろう」

「その物言いということは、あたしが『勇者』として活動することも許してくれるのだな」

「ああ、認めよう。ただし、あまり無理はするなよ。――少なくともわしよりも先に死なないでくれ」

「分かっている。あたしは死なない。アレンハイマー家の娘であること。おじ上の姪《めい》であることを後世に伝える」

その言葉にケニーさんは心底嬉しそうに微笑《ほほえ》む。

立派になった姪をひしと抱きしめる。その姿は敏腕な商人というよりもただただ家族を愛する好々爺《こうこうや》に見えた。

さて、このように一挙に問題を解決したかに見えたが、解決したのはブライエン家の問題だけだった。新たな問題が発生したのだ。

それはこの街の行く末やゾディアック教団の問題に比べればささやかなものであったが、当人――というか僕には大きな問題だった。

すべての問題が解決したと思った僕は、ケニーさんに感謝の意を伝えて立ち去ろうとしたが、そんな僕の背中にケニーさんは声を掛けてくる。

「艦隊も派遣するし、今後は評議会一丸となって君を支援するが、その代わり武術大会優勝者としての責務も果たしてもらうぞ」

最初、その言葉は武術大会優勝者としての武力を期待している、という意味かと思われたが違った。

……どうやらケニーさんは僕の正体に気が付いていたようで。

「ウィルヘミナ――ではなく、ウィルよ、優勝商品、しかと受け取ってもらうぞ」

ケニーさんはレヴィンに聞こえないようにそう言い、片目までつぶってみせる。

評議会の一員として、〝性別〟を偽り生け贄《いにえ》になることは見過ごすが、生け贄騒動が終わったら、きっちり責任を果たしてもらうぞ、と言っているのだ。

要はレヴィンと結婚しろ、ということだった。

まったく、なんという眼力、そして抜け目のなさ。さすがはこの街一番の商人と呼ばれるだけはある。僕は呆《あき》れながら初老の紳士を見つめた。

第三章　大海原《おおうなばら》の海蛇

†

レヴィンの婿取り武術大会も、〝一応〟の終結を迎えた。

ケニーさんにはばればれだったのだけど、ケニーさんは商人であると同時にこの街の政治家でもある。今、すぐに結婚しろとは言わなかった。

それよりも解決しなければいけない問題があるからだ。

それはこの街の航路を荒らす『海神』を討伐するということだった。

僕の実力を目《ま》の当たりにしたケニーさんは、生け贄を与えて鎮めるよりも、これを機に討伐してしまったほうがいいという考えに至ったようだ。

ブライエン家が所有する主力艦隊を派遣してくれることを誓う。

その艦隊には最新鋭の大砲が積まれているものもあるとか。

なんでも『ドーラ砲』と呼ばれる巨大な大砲を積んでいる実験艦があるそうな。その大きさは通常の大砲の四倍ほどで、巨竜さえ一撃で葬《ほうむ》り去るというもっぱらの評判であった。

たしかにこれを上手《うま》く活用すれば、シーサーペントを倒せるかもしれない。

港に接舷された艦隊を眺めていると、色々な戦術が頭に浮かんだが、そんな僕に話し掛けてくるのはケニーさんの姪であるレヴィン。

彼女はさも当然のように戦術談義に加わってくる。

「あのドーラ砲を使うのはいい作戦だと思うが、ドーラ砲は重い。それに発射に時間が掛かる。その間、足止めしなくてはいけないな。まあ、それはウィル少年とあたしがなんとかするとして——」

「………………」

「ん？　ウィル少年どうした？　そんな鳩《はと》が豆鉄砲を食ったような顔をして。あたしの戦術になにか問題があるか？」

「まさか、でも、なんかその口ぶりだとレヴィンも付いてくるような気がして」

彼女はさも当然のように、

「付いていくが、なにか問題でも？」

と言った。

「問題大ありだよ。海神退治は危険を伴う。艦隊を貸してくださった方の姪を危険な目に遭わせることはできない」

「なるほど、出資者に忖度《そんたく》しているのだな。ならば大丈夫だ。おじ上にはもう許可を取ってある」

「本当？」

「本当だとも。おじ上はこうおっしゃった。どうせおまえは館に閉じこもってレースを編むような花嫁修業はできまい。ならばウィル殿と船に乗り込んで、洋上で料理のひとつでも振る舞ってやれ」

ケニーさんの口調を真似《まね》するレヴィン。あまり似ていないが、似せようとしている努力は買う。――買うが、それでも海神退治に彼女を伴わせるのは厭《いや》だった。

なんとか説得を試みようとするが、後方から声を掛けてくるは、ルナマリア。

「ウィル様、いいではありませんか」

「ルナマリア、君まで」

「たしかに軍艦に女を乗せるのは古今、よろしくないらしいですが、彼女は剣の勇者、それに私は大地母神の巫女《みこ》です。ただの女ではありません」

「……その口調だと君も船に乗る気だね」

「もちろんです。私はウィル様の従者、私が乗らずに誰が乗るというのです」

「おお、巫女殿、あんたとは話が合う。共闘して一緒に戦う権利を勝ち取ろう」

「はいな」

肩を抱き合い、がっしりと陣形を組む女性ふたり。

このように女性に共闘されれば男に勝ち目はない。神々の教えによれば勝算のない戦いを挑むのは愚かもののすることであった。

僕は渋々彼女たちの同行を許すと、こう付け加えた。

「危険なことはしては駄目だからね」

その台詞《せりふ》を聞いたレヴィンは豪快に笑う。

「山のように大きな海蛇と対峙《たいじ》するというのに、危険も安全もないだろう」

ルナマリアもつられてくすくすと笑う。

「たしかにそうですね」

彼女たちの言い分はもっともだと思ったから、僕も笑みを漏らすと、せめて彼女たちが安全に航海できるように、僕たちが乗る軍艦は一番大きなものにしてもらおうと思った。

このように海神討伐の陣容が整いつつあったが、それでも艦隊の準備にまだ数日ほど掛かるという。その間、僕たちはアナハイム商会の屋敷《やしき》に閉じこもっていたが、三日目には「つまりませんわー」と主張するものが現れた。

その口調からも察することができるとおり、不平を述べたのはこの屋敷のご令嬢カレン・アナハイム嬢だ。

生け贄候補から解放された彼女は、いつもの天真爛漫《てんしんらんまん》さを取り戻していた。

僕の腕にぎゅうっと摑《つか》まると、「ウィル様、ウィル様、どこかに出掛けましょう」と言い放った。

「どこかに出掛けたいの？」

「はい。今回の騒動でずっと屋敷に引き籠もっていたので、気分が滅入《めい》ってしまったのです。もうじき、ウィル様たちは航海に出られますし、そうしたらもっと退屈してしまいます」

「お嬢様、退屈とはなんですか。ウィル様たちはこれから死闘におもむかれるのですぞ」

執事のハンスさんがお嬢様をたしなめるが、僕はカレンの味方をする。

「ハンスさん、あまり叱らないであげてください。ずっと生け贄になる恐怖に怯《おび》えていたんです。その間、息抜きもできなかったはず。僕たちももうじき長い航海に出ますから、最後に少しくらい息抜きがしたいです」

その言葉にカレンはぱあっと表情を明るくさせる。

「さすがはウィル様です。婚約者の心をくみ取ることができます」

「ウィル様は婚約されていません」

ルナマリアはぴしゃりと指摘するが、それでも僕の提案に反対することはないようだ。

「どのみち艦隊の準備が終わるまではなにもできないのです。どのような英雄にも休息は必要です」

と息抜きを勧めてくれた。レヴィンも反対することはない。

ならば問題はもはやどうやって息抜きするかに焦点が当てられるが、アナハイム家のご令嬢はすでに目星を付けているようだ。

「ウィル様、ウィル様」

と壁に貼り付けられたこの街の地図を指さす。

「この街は交易都市ですが、同時に風光明媚《ふうこうめいび》な都市としても知られています」

「新婚旅行で訪れる人も多いんだよね」

「はいな、港町がとても情緒的だから、という理由もありますが、もうひとつ観光の目玉がありまして」

「へえ、それはなんなの？」

「この街の東岸部分が砂浜になっているんです。とても綺麗《きれい》な砂浜でサファイア・ハーバーと呼ばれております」

「すごい綺麗そうだ」

「まるでサファイアのような海岸ですわ。昔は砂浜の中にサファイアの原石が転がっていたのですよ」

「そこでサファイアの原石探し、ではないよね？」

「もちろんです。砂浜といえば沐浴《もくよく》に決まっています。水泳をしましょう」

「水泳か、山ではよく川遊びをしていたけど、海に入るのは初めてだ」

「それならばちょうどいいではありませんか。海はとても泳ぎやすいですし、広いんですよ」

「洋上に行ったとき、海での泳ぎ方を知らないと大変なことになるかもしれないし、そうだね、水泳はとてもいいかも」

「さすがはウィル様です。では、水着を手配しますね」

水着なんて要らないよ、と言い掛けてやめた。僕は山では全裸で泳いでいたが、ここは人の街。人の街には人の街の作法がある。それに淑女たちの前で素肌を晒《さら》すのはよくないことだった。なのでありがたく、カレンの配慮を受け取る。

――問題なのは質素倹約を旨《むね》としているどこかの巫女様だ。彼女は容易に水着を受け取ることはないだろう。なにせブライエン家の宴《うたげ》のときも巫女服を通したほどだ。今回も

──、と思っていると案の定、ルナマリアは自分の水着は不要です、とカレンに言い放っていた。

「しかし、ルナマリアさん、せっかくの機会なのですから、みんなで楽しく泳ぎましょうよ」

「水着は不要ですが、泳がないとは言っていません。子供の頃は泳ぎが得意でした。巫女となってからは毎日沐浴をしていましたし」

つまり、自分で水着を用意するということだろう。まさか裸で泳ぐとは言い出さないと思うが、ルナマリアはときどきぶっ飛んだことをするので注意せねばならない。

「わかりましたわ。ではハンスに水着を手配させるので、お昼には海水浴場に向かいましょうか。ああ、楽しみだわ。ランチボックスにはなにを詰めようかしら」

エビフライを頼む！　とレヴィンは遠慮なく主張している。なんでもこの街のエビフライは頭までまるごと一匹揚げる豪快なものらしい。それは美味《おい》しそうだ、そう思いながら時間が過ぎるのを待った。

†

午後の鐘の音がなると同時に、海水浴場に到着する。

交易都市シルレの砂浜、噂《うわさ》以上に美しい。サファイアに喩《たと》えられるだけはある。

そんな感想を抱きながら、僕たちは海の家に備え付けられた更衣室に入る。男である僕は一〇秒で着替えが完了する。服を脱いで海パンに着替えるだけでいいのだ。

お嬢さん方であるカレン、レヴィン、ルナマリアたちは時間が掛かっているようだ。特にレヴィンは生まれてこの方、水着を着たことがないそうなので、装着の仕方自体分からなかったらしい。カレンが一から順に教えていたと聞く。

その甲斐《かい》あってか、なかなかに可愛《かわい》らしい水着姿を披露してくれた。

フリフリが女性らしさを主張する可愛らしいビキニの水着を装着していた。色は桜色だが、本人の顔も桜色に染まっている。

「……み、見るな、ウィル少年」

恥ずかしげにうつむいている。

相変わらずの恥ずかしがり屋であるが、僕が「似合っているよ」と伝えると、少しだけ顔を輝かせる。それでもすぐに上からシャツを羽織り、肌を隠す。

「陸《おか》の上にいるときはこれで通す」

と言い張る。まあ、誰も困らないが、そちらのほうが艶《なま》めかしいと言うと彼女はどんな反応をするだろうか。恥ずかしさのあまり、逃げ去ってしまうかもしれないので伝えるこ

とはないが。次に視線が向かうのは、アナハイム家のご令嬢カレン。この会の主催者。

カレンはワンピースタイプの水着を装着している。レヴィンのものよりもフリフリましましのもので、さらに女の子っぽい。カレンは胸が控えめなので、少しだけ子供っぽく感じてしまう。——ただ、本人は自分が大人っぽいと思っているようで、

「ウィル様、今日のカレンは少しアダルティでございましょう」

と言ってきた。ちなみに『悩殺ポーズ』なるものも決めている。前述の通り、子供っぽいと思っていたが、ミリア母さんとの生活で女性のあしらい方は多少心得ている僕。親指を突き立てながら、

「うん、大人っぽいね。見違えたよ」

と言った。カレンはにっこりと花が咲いたかのように微笑《ほほえ》む。

「ありがとうございます。ウィル様」

ひしと腕に抱きついてくるが、なぜかレヴィンも負けじと抱きついてくる。

砂浜の視線が僕に集中する。

(うーん……、殺意を感じるな)

男たちからは羨望《せんぼう》と嫉妬の視線をひしひしと感じる。

なかにはその感情を口にして、「死ね……」と、つぶやくものもいる。

身の危険を感じた僕は、両手の花を引き離すと、話題を転じさせた。

「そういえばルナマリアがまだだけど、着替えに時間が掛かっているのかな」

「たしかに遅いですわね」

「なにか準備が掛かりそうな格好をしていたぞ」

「準備が掛かる格好ね、どんなだろう」

ルナマリアはカレンの申し出を断り、自前で用意すると言っていた。

沐浴好きだと言っていたから水着くらい持っているのだろうと思ったが、よくよく考えればルナマリアの荷物は少ない。水着が入るスペースなどないと思われた。

「――もしかして本当に裸で泳ぐつもりじゃ」

あり得る話である。巫女《みこ》様が沐浴するときは大抵、全裸が基本だと思われる。巫女の沐浴は娯楽ではなく、宗教的儀式だからだ。己の身体《からだ》のみを清め、神と対話する準備をするために身を綺麗にしているのだ。信仰心篤《あつ》いルナマリアのことだから、

「巫女に水着など不要です。私の身にやましいところなど一点もありません」

などと言って全裸で砂浜に現れる事態も容易に想像ができた。

もしもそうなったらどうするべきか、あらゆる対策を考えたが、幸いなことにその対策を実行することはなかった。ルナマリアは全裸で現れなかったからだ。

心配する僕をよそにルナマリアはすうっと砂浜に現れると言った。

「遅れて申し訳ありません。『着付け』に時間が掛かりました」

「……着付け」

という言葉からも分かるとおり、ルナマリアが着ていたのは白装束だった。

真っ白な装束を身にまとい現れたのだ。

「……よかった」

軽く溜《た》め息《いき》を漏らすが、その姿を見てレヴィンが不平を漏らす。

「ずるいぞ、ルナマリア。あたしはこんなにも恥ずかしい格好をしているのに、おまえはそんな露出が少ない格好を。普段の巫女服よりもガードが堅いじゃないか」

「ずるいもなにもありません。これが大地母神教団の正式な沐浴の格好なのです」

「ここは交易都市シルレだ。財神の流儀に従え」

「従いません」

珍しくつん、と言い張ると、ルナマリアは僕の手を取る。

「さあ、ウィル様、参りましょう。一緒に泳ごうではありませんか」

強引に腕を取ってきたので驚いてしまうが、どうやらルナマリアは泳ぎたくて仕方ないらしい。元々、沐浴が大好きらしく、神殿の裏の湖でよく泳いでいたのだという。また、僕との旅の途中でも泉を見つけては身を清めていた。

ただ、僕と同じでまだ海で泳いだことは一度もないのだそうだ。海の水は本当にしょっぱいのか、塩分によって浮きやすくなるのか、確かめたいらしい。

僕もまったく同じことを考えていたので、ルナマリアの手を握り返すと、そのまま海の中へ入った。

「本当にしょっぱいです。想像した以上です」

「天地を創造した古き神々はいったい、どうやってこんなに塩を入れたんだろうね」

「神々の息子であるウィル様に分からないのであれば私に分かるはずなど」

「ルナマリア、海の水は本当に身体が浮きやすいよ、ほら、寝そべってみて」

「ハンモックで寝ているようです」

「ただ、波があるから沖に流されないようにしないと」

「沖……？」

「ああ、ルナマリアはこの光景が見えないんだったね。知識としては知っていると思うけど、海はとても広い。僕の眼前にはどこまでも海が広がっているんだ。水平線が見えるよ」

「そう聞くととても怖いですね」

「だね、母のように優しい水だけど、裏腹に恐怖も抱えているような気がする」

「母なる海の呼称は伊達《だて》ではありませんね。母は優しいですが、怖いものでもあります」

「たしかに」

「今、ミリア様の顔を思い出されましたね」

「あ、ばれた？　ははは」

「うふふ」

そのようにルナマリアと海を満喫していると、カレンが参入。最初、泳げないと海には入らなかった彼女だが、ハンスに浮き輪を用意させるとすかさず参入してくる。

「ウィル様～！　カレンもまぜてください～」

足をバタバタとさせてやってくる様は可愛らしい。

またレヴィンもやってくる。

彼女はもとから泳ぎが得意だから、華麗に泳いでくると輪に加わる。

「ウィル少年、一緒に沖まで泳ごう。どちらが遠くまで行けるか、勝負だ」

遠泳もしてみたいと思っていたので丁度いいと思った僕は、ルナマリアにカレンの相手をするように御願《おねが》いする。

快くその役目を引き受けてくれたルナマリアの見送りを背に、僕とカレンは沖に向かって泳いだ。互いに体力があるものだから、数キロほど泳ぐが、やがて僕は音を上げる。

「レヴィン、さすがにこれ以上沖には行けないよ」

「ウィル少年、なにを言っている？　もう、『向こう岸』のほうが近いぞ」

ちなみに向こう岸にはなにもない。遥《はる》か遥か先には別の大陸があるが、まだ千分の一も届いていない。

泳ぎではレヴィンのほうが上手だと思った僕は、素直に負けを認めると、戻ってランチにしようと提案した。

「ウィル少年はエビフライごときであたしを釣るつもりか？」

「海の家には焼きそばもあったよ」

「よし、すぐ戻ろう」

あっという間に陥落したレヴィンは反転するとそのまま浜に戻っていった。

やれやれ、僕は彼女の後ろに続くが、途中、振り向き、沖のほうを見る。

沖の先には暗雲が広がっていた。不吉な何かを感じる僕。

周囲を水に囲まれたこの状況は、陸の生き物である人間を不安にさせるなにかがあった。

今、この海の底からなにかが飛び出てくるような恐怖を感じるのだ。ここは海の神が暴れ回る海域からは離れていたが、それでも海は『繋《つな》がっている』ことを思い出さずにはいられなかった。無論、なにごともなく浜に戻り、その後も平穏に浜遊びを楽しむことができたが、それでも僕は心の中で海の神のことを考えていた。

この大海原《おおうなばら》に潜む悪魔をどうやって退治するか、その方法を模索し始めていた。

†

決戦前の休息を終えた僕は、女性ものの衣服を身にまとうと、腰の剣と左腕の盾を点検した。

腰の剣、ダマスカス鋼の剣は相変わらず美しい鈍色の輝きを放っている。

ダマスカス鋼とは東方で産出される鋼の一種で、工芸品としての価値と武器としての価値を両立させている特殊な金属だ。錆《さ》びることがない金属としても知られ、メンテナンスの容易さでも知られている。

ずぼらな傭兵《ようへい》などに大好評な剣なのだが、僕はちゃんと手入れをする。

リュックから砥石《といし》を取り出すと、精神を集中させ、すうっと研ぐ。

その姿を見て聖なる盾のイージスは不満の声を上げる。

『ぶー、ずるいぞ、ウィル。君はこんなにも可愛らしい盾よりもそんながさつな剣を可愛がるの？』

そうだよ、と言えば盾が家出をしてしまうので、言い訳をする。

「僕は好きなおかずは最後まで取っておくタイプなんだ」

『ああ、そういうことね。ウィルって一人っ子だもんね』

「そういうこと」

『一人っ子タイプにして末っ子タイプでもあるからなあ。お父さんとお母さんに甘やかされて育ってそう』

「否定できないのがつらいなあ」

と言うと剣の研ぎが終わる。イージスは「次はボクだよね」と声を弾ませるが、研ぎの後は油を塗る作業が残っている。僕はローニン父さん秘伝の油を塗る。

『ダマスカス鋼の剣にそこまでする意味あるの？』

「過剰かもしれないけど、道具には魂が宿るからね。大切にしないと」

『そんなの迷信だよ』

「君が言う？」

『同じ無機物だから言ってるの』

盾はそう言うとにやりと笑ったような気がした。

『ところであれやらないの？　あれは』

「あれって?」

『ほら、時代劇によくある剣にポンポンって白粉《おしろい》するやつ』

「ああ、打ち粉ね。あれは研ぐ前にやるんだよ」

『へえ』

「剣ってのは長期間使わないと錆びるから、研ぐときに粉で余分な油を落とすんだ。ダマスカスの剣は使いまくってるから打ち粉は不要なんだよ」

『なるほどねー、またひとつ賢くなっちった』

「それはよいことだ」

と言うとダマスカスの剣を鞘《さや》に納め、聖なる盾を手に取る。

「さて、次は君の番」

『キター!　久しぶりに御主人様に(性的な意味で)弄《いじ》られるのかー、どきどきわくわく』

「人聞きが悪いなあ。まあ、僕以外聞こえないからいいんだけど」

『うひひ、朝まで寝かさないでね』

「はいはい」

と言うと盾の表面を点検する。さすがは聖なる盾、僅かばかりも傷付いていない。激闘を繰り広げてきたのに。

『そりゃあ、ボクは自動修復機能があるからね。多少凹《へこ》んでもすぐに直る』

「すごい。点検はいらないんじゃ」

『点検はいるよ。留め具の部分は劣化するから』

「たしかに」

見れば留め具の革細工はかなり傷んでいた。すぐに壊れるほどではないが、手入れはしておくべきだろう。軽く拭いてからミンクの脂を塗る。

『うひゃあー、ヌルヌルだ』

「変な声出さないでよ」

『ミリ。気持ちいいんだもん』

「まったく……」

呆《あき》れながら脂をすり込むと、留め具の部分を確認し、点検完了。

武器と防具の点検を終えると、そのまま部屋を出る。

『あれ？　荷物はいいの？』

「船旅だからね。着替えとかは事前に載せてあるんだ」

『なるほど、実はボク、船旅は初めてなんだ。わくわくどきどきだよ』

「僕もだよ。船酔いしないといいけど」

『ぷぷぷ、船酔いを心配するなんてウィルはお子ちゃまだね。ボクは絶対に船酔いしないよ』

まあ、無機物だからなあ……、と思いつつ、そのままルナマリアたちと合流し、港に停泊している船に乗り込んだ。

『おげぇぇぇぇぇぇ……』

聖なる盾の背中(?)をさする僕。

イージスは船に乗り込んで三〇分で体調を悪くしていた。

まったく、この子は本当に無機物なのだろうか。乗りのいい少女が着ぐるみしているだけなのではないか、そう疑ってしまったが、可哀想《かわいそう》なので介抱をしていると、ルナマリアが不思議そうに話し掛けてくる。

「ウィル様、盾をさすっておられますが、どうされたんですか?」

「ちょっと点検してるんだ」

無機物の盾が酔っている、と説明すると正気を疑われそうだったので誤魔化すと、僕は逆にルナマリアに尋ねた。

「ルナマリアは船酔いしていない？」

「私は大丈夫です。揺れる感覚は不思議ですが、三半規管が丈夫なのでしょう」

「そうか、ルナマリアもなんだね。僕は子供の頃からシュルツって狼《おおかみ》の背中に乗っていたから、これくらいの揺れなんてないも同じだよ」

「ふふふ、狼の背はこのような揺れではなさそうですね」

「そういうこと。心配なのはレヴィンだね」

「そうですね。さっそく船室に閉じこもっています」

「きっと青白い顔をしているんだろうなあ」

しかし、今行くと気の強いレヴィンは「あたしが船酔いなどするわけがない」と無理をしそうなので、あえて放置しておくことにする。

「それが賢明です」

ルナマリアも苦笑いで同意すると、波風で美しい銀髪をそよがせる。一瞬、見とれてしまうが、あまりじろじろ見ると恥ずかしいので、話題を転じさせることにした。

「船旅は初めてだけど、いいものだね」

海を見つめながら率直な感想を口にする。

「……そうですね」

ルナマリアは全身で海を感じているようだ。

「どこまでも続く水平線に青空。この大海原を見ていると自分がちっぽけな存在であると認識させてくれる」

「それと同時にこの世界の一部であることを再認識させてくれます」

「そうだね」

「潮風は髪によくないらしいので、それだけが心配ですが」

女の子らしい心配だ。あとでミリア母さんに貰《もら》った、水が要らないトリートメントをプレゼントしようと思った。

僕たちふたりはその後、数時間、なにも語らずに水平線を見つめた。

初めての航海、なにもかもが目新しい。水平線、潮風、カモメの群れ、クジラの潮吹き、アンチョビの群れ。それらを堪能《たんのう》しながら、航海初日は終わりを告げる。

†

僕たちを乗せる船の名は、「海鷲号《ゼーアドラー》」という。

交易都市シルレの防衛艦隊の旗艦である。

旗艦とはフラグシップのこと。つまり艦隊の提督が乗り込んでいる。

十三隻で構成される防衛艦隊の長がエベック提督だった。

エベック提督は初老の男性で、歴戦の兵《つわもの》の風格をかもし出している。隻眼の偉丈夫で右目に眼帯をはめている。見ようによっては海賊にも見えるが、実はエベック提督、若かりし頃は七つの海を荒らし回った大海賊の一の子分だったそうな。

今ではすっかり更生し、交易都市シルレの雇われ提督をしていた。

そのような人物であるから、海の上では頼りになることこの上ない。

エベック提督は一糸乱れぬ隊列を組み、艦隊を件《くだん》の海域に向かわせる。僅かばかりの遅延もないので、当初の予定通り三日後には到着するそうだ。

また見た目に反してとても優しい人物で、船酔いしたレヴィンに酔い止めの薬を与えたり、船酔いしない方法を教授していた。おかげで二日目にはレヴィンは元気いっぱいとなる。

これで戦域に到着しても戦力外でした、という事態にはならないだろう。ほっとする。

さてこのようにエベック提督の手腕と、しけにも出くわさない幸運のおかげで遅滞なく件の海域に到着する。

件の海域とは「海神」が暴れ回っている海域である。エベック提督が海域に到着したことを告げると、乗り込んだ水兵たちに緊張が走る。もう、いつ化け物に出くわしてもおかしくないからだ。レヴィンも神妙な面持ちをしながら、水面を見つめる。

「航海初日は美しいエメラルドグリーンの海だと思ったが、今はなんと不気味な……」

「……同意です。どこまでも深い海。暗く深い底に悪魔が潜んでいるかと思うと、戦慄します」

ルナマリアはそのような表現で身震いする。

それには僕も同意だ。水面を見つめていると、海の底から巨大な蛇に睨《にら》み付けられているような錯覚を覚える。桶《おけ》に張った水の上の葉っぱに乗せられている蟻《あり》のような気分になる。

人間の弱さや限界について考察せざるを得ない状況となる。

そのように神妙な面持ちをしていたからだろうか。エベック提督が豪快な笑い声で話し掛けてくる。

「お嬢さんたち、あまり怖がる必要はないぞ」

「エベック提督」

「特に生《い》け贄《にえ》の囮《おとり》にされるウィルへミナ嬢は怖いだろうが、少なくとも大海蛇のもとまでは無事に送り届けてみせる。その後も〝場合〟によっては助力する。評議会の意向は知らぬが、我々海の男はか弱き女にすべてを押しつけるほど軟弱ではない。だから気負うな」

「提督、ありがとうございます」

提督の激励を有り難《あがた》く感じた僕。スカートの両端を持って挨拶する。

「しかし、おぬしのような可愛《かわい》らしい娘が生け贄とは世も末だ。わしが評議会の参議ならば必ず反対するのだが」

「いえ、これは僕……、じゃなくてわたしが進んで申し出たことです。初めての大海原で緊張していましたが、もしもシーサーペントが現れたら、そのままやつの口元に飛び込んで、喉に剣を刺してみせます」

「これは勇ましいお嬢さんだ。わしが乗せているのはもしかして戦女神の化身なのかもな」

「それは言い過ぎですが、神々の前でも恥ずかしくない戦いをします」

「ならばわしも航海の神に恥じぬ指揮をしたいものだ」

エベック提督はそう言い切るが、神妙な表情でこう続ける。

「……わしらは全力でおぬしを守るが、最悪の事態は覚悟しておいてくれよ」

「……はい、分かっています」

最悪の事態とは、僕を生け贄に捧《ささ》げてそのまま艦隊を反転させる事態のことである。

もともと、この作戦の目的はそこにあった。

アナハイム商会のカレンの代わりを僕が引き受ける条件のひとつだった。もしもシーサーペントが想像以上の強さの場合、〝伝統〟に則《のっと》り乙女を生け贄に捧げて海神の怒りを鎮《しず》めるのだ。艦隊はそれが〝間違いなく〟執行されるか、見届ける役目も担《にな》っていた。

冷たいようであるが、たったひとりの人間の命と、交易都市の住民の生活を天秤《てんびん》に掛ければこのような方法を取るのも納得であった。――というかこの提案自体、僕がしたものだが。

ただ、納得していないものもいる。ルナマリアとレヴィンだ。

彼女たちはこう宣言する。

「艦隊はどうだか知らないが、あたしたちは最後までウィルと戦う。この旗艦をジャックしてでも最後まで残るぞ」

頼もしい言葉だが、そうならないことを祈る。

要は最初の一撃で、シーサーペント恐るるに足らず、という展開に持ち込めばいいのだ。

艦隊の力を結集すれば倒せると思わせればいいのである。

それには初撃が肝心だ。

そう思った僕はシーサーペントにどのような一撃を加えるか考えながら、小舟に乗り込んだ。

僕は生け贄なので、小舟に搭乗し、〝餌〟になるのだ。

ルナマリアたちは自分も乗り込むと主張するが、それはできない。小舟はひとりしか乗り込めないようになっているからだ。彼女たちの性格を考慮してそのように用意してもらったが、正解だった。

物理的に不可能なことを悟った彼女たちは、旗艦海鷲号《ゼーアドラー》に残るが、大海の上に浮かぶ僕を心もとなげに見つめる。大洋の上に小舟を浮かべる、という諺《ことわざ》があるが、まさに今の僕を指していた。

僕自身、不安感に包まれながら小舟で揺られる。早く僕に食らいついてくれと願う。

頼りない小舟で揺られていると心の奥底で恐怖心が生まれてしまうのだ。恐怖心が肥大化すれば、いざ、シーサーペントが現れたとき、正常な判断をできなくさせる恐れがある。

それは避けたかった。なので一秒でも早くやってきてほしい――。

そう願っていた僕だが、航海の神様というやつはとても意地が悪いようだ。

ゆらり――、

と海面が黒くなる。それが巨大な生き物の影であることはすぐに察することができた。僕の真下にシーサーペントがやってきたのだ。しかし、やつは僕ではなく、他のものを獲物に定めたようだ。

なぜそうしたのかは分からない。水上の僕の性別を確認することなど不可能であるが、荒神とはいえ神様、不思議な力で僕が偽者《にせもの》であると確認したのかもしれない。あるいは単純に腹を空かせており、小さな僕ひとりでは足りないと判断していたのか。

どちらかは分からないが、やつは防衛艦隊のひとつ、海鷹号に襲いかかった。

海面から大きな顔を海上に出す。蛇と竜の中間のような姿。見ようによっては鰻《うなぎ》にも見える気持ち悪い生物が、海鷹号に食らいつく。

その一撃を予想していなかった海鷹号の水兵たちは恐慌《きょうこう》状態になるが、幸いなことに今の一撃で死傷者は出なかったようだ。弩《いしゆみ》を放とうと先端部分に兵が集まっていたのが幸いしたのかもしれない。

海の猛者《もさ》である水兵たちはすぐに恐慌状態から脱すると、シーサーペントに弩を浴びせたてるが、どんなに強力な弩もシーサーペントの鱗《うろこ》を貫くことはできなかった。

「……化け物か、こいつは」

海鷹号の船長はそう漏らし、絶望するが、エベック提督はいささかも戦意を喪失させていなかった。冷静沈着な声で各艦に命令を飛ばす。

「海鷹号の水兵たちよ、即座に海に飛び込め。各艦は小舟を出し、海に飛び込んだものを救出しろ。砲兵たちは海鷹号目掛け、一斉に大砲を発射しろ！」

それは思い切りのよい作戦であった。

船の横腹に食らいつかれたとはいえ、海鷹号はまだまだ沈むことはなかった。なのにこの場で放棄させ、砲撃を集中させるのだから。

このような作戦を即座に考えつける指揮官は無能なわけがなく、その部下たちも愚かものではない。即座に実行すると、砲弾の雨がシーサーペントに注がれる。雨あられのように大砲を浴びせられるシーサーペント。戦場に硝煙と血煙が充満する。さすがのシーサーペントも苦しんでいるようだ。もしかしたらこのまま砲撃だけで勝てるかもしれない。

各艦の船長がそう思った瞬間、シーサーペントはその恐ろしさと生命力を見せつける。

苦痛の咆哮《ほうこう》を上げた瞬間、海域の水兵すべての心胆を冷やし、その尾で二艦目の船を破壊する。鞭《むち》のようにしなやかな尾で海雀号を破壊すると、自分がこの海域の絶対強者であることを主張する。その攻撃で水兵たちの戦意は限りなく下がった。

このままでは総崩れとなって艦隊は撤退、……いや、壊滅すると思った僕は、近くにあった船に飛び乗る。《跳躍》の魔法を使ったのだ。

その姿はまるで海の上の猿だった。あるいは異世界の英雄　源　義経《みなもとのよしつね》が使ったという〝八艘《そう》飛び〟に近いかもしれない。

船の甲板、マストを利用しながら、巨大なシーサーペントの頭部に近づくと、僕は予定通りの初撃をぶち込む。


「雷鳴剣！」


技の名前を叫ぶと、晴天の空から一筋の雷鳴が。

それがダマスカスの剣に飛来すると、そのままそれでシーサーペントを斬り付ける。

大砲の集中砲火を喰《く》らったとき以上の咆哮を上げる化け物。

その光景を旗艦から見ていたレヴィンは叫ぶ。

「す、すごい。一瞬であの間を詰めるスピードも、海の化け物に効果的な雷の魔法剣を放つのも」

ルナマリアは補足する。

「ただの雷の魔法剣ではありません。禁呪魔法級のいかずちを封じ込めてあります。また最高の剣術で放っているので、その威力は尋常ではありません」

「たしかに。くそ、武者震いがする」

レヴィンはいても立ってもいられなくなったようだが、彼女は魔法を使えない。シーサーペントの懐《ふところ》に飛び込むことができないのだ。ある意味それは僕にとって好都合だった。このままひとりでシーサーペントを倒したかったからだ。

僕は彼女がなんとかしてこの戦場にやってくる前に勝負を決める。先ほどの一撃で艦隊の士気は回復しつつあったが、それでも開戦前に戻った程度、ここから一気に状況を覆《くつがえ》したかった。僕はシーサーペントの頭の上に剣を突き立てると、魔法を詠唱した。禁呪魔法である。

「暗雲に生まれし、破壊の衝動よ。

天と地の精霊たちの怒りを糧《かて》とせよ。

まばゆき光彩となり、敵を貫け！」

《雷雨の涙》

千の雷が同時に、海蛇の頭部に設置した誘雷針に落ちる。

その威力は尋常ではなく、轟音《ごうおん》と共に海蛇の頭部を焦がした。

どのような生物でも耐えられるはずがない。

それは事実で、シーサーペントはそのまま崩れ落ち、海の底に沈んでいく。

「勝った」

誰しもがそう思った。事実、僕もそう思った。

これを喰らって立ち上がる存在は想定していないからだ。なにせあの魔術の神ヴァンダルが、「これは絶対に〝生き物相手〟に使うな」と僕に念を押して教えてくれた魔法なんだ。

これを使って勝利できない生物などこの世にいないと思われたが、それは僕の驕《おご》りであったようだ。

魔術の神仕込《じこ》みの禁呪魔法は〝生物〟には無敵でも〝化け物〟には通用しないようだ。

それが証拠に海の底に沈んだと思ったシーサーペントは反転し、海雁号で羽を休めていた僕に襲いかかる。

鞭のような尻尾を僕に向けてくる。

――死んだ。

僕はそう思った。海神から交易都市を守ることができず、海雁号の人々まで巻き込んで死んでしまう。そう思ったが、そうはならなかった。

思わぬ人が助けに入ってくれたのだ。

いや、それは人ではなかった。

†

シーサーペントを仕留めきれず、逆に窮地を招いてしまった僕、それを救ってくれたのは、思わぬ人物だった。

彼は僕の前に転移すると、巨大な障壁を作り上げる。無詠唱でこんなにも巨大な障壁を作り上げることができる魔術師など、そうはいない。彼はにやりと己のあごひげを撫《な》でると言った。

「最強の息子に助けなど要らぬと思ったが、まだまだ精進が足りないな」

「ヴァンダル父さん!!」

そう、助けに入ってくれたのは僕の育ての親のひとり、魔術の神ヴァンダルだった。

「父さん、どうしてここに？」

「ふふ、ちいとばかり昔の弟子に会いたくなっての。そのためには航路を正常に戻さねば」

昔の弟子とはパーティーで出逢《であ》った魔術師のことだろうか。不明であるが、今は問いただすべきではない。父さんが作ってくれたこの隙を有効に活用したかった。

「ウィル、分かっていると思うが、神域を出たわしは限りなく非力。この障壁もあと数分しか持たない」

「分かっている。今、ルナマリアに《念話》を送ってる。エベック提督に頼んで決戦兵器を投入してもらう」

「決戦兵器？」

「うん、この艦隊には〝ドーラ砲〟と呼ばれる最新鋭の巨大砲台を積んだ船があるんだ。さすがにあれを使えばシーサーペントも倒せると思う」

「それは頼もしいが、この障壁が持つかな……」

「持たせてみる！」

そういうと僕は父さんの肩に触れ、魔力を送り込む。

「おお、なんという強大で瑞々《みずみず》しい魔力。さすがはわしの息子」

「禁呪魔法でだいぶ、使っちゃったけど、残りはすべて父さんに渡す」

「有《あ》り難《がた》い」

そんなやりとりをしているとルナマリアから吉報が入る。ドーラ砲の準備が整ったのだという。

「早いな」

ヴァンダル父さんの言葉はもっともだ。僕ももっと時間が掛かると思っていた。

「エベック提督がウィルさんの初撃を見てすでに用意させていたようです。あの一撃で全面的な信頼を勝ち取ったようですね」

ルナマリアの弁だった。有り難いことである。あとはこのままやつを障壁で押さえ込めば僕たちの勝利であるが、ことは上手《うま》い具合に運ばない。

ドーラ砲を積んだ艦は前面に出てくるが、なかなか砲撃を開始しないのだ。

にょきりと巨大な砲台が飛び出し、いつでも発射できる態勢のように見えるが、なにかトラブルがあったのだろうか。そう思っていると、ルナマリアが慌てて報告してくる。

「ウィ、ウィル様、大変です。ドーラ砲にトラブル発生です。弾を詰めることまでは成功したのですが、着火装置が先ほどの攻撃でしけてしまったそうです。発射できません」

「な、なんだって」

驚愕《きょうがく》する僕。ここまできてこれか。このまま全滅してしまうのか。そう思ってしまったが、すぐに師父が厳しい表情で僕を見ていることに気が付く。

僕は昔を思い出す。そうだ、この目はあのときの目だ。

昔、僕はとある魔術を使いこなすことができず、ふて腐れたことがある。魔術の修業を放り出し、そのまま遊びに出てしまったことがあるのだ。

その後、遊び疲れて家に戻ってきた僕だが、ヴァンダル父さんは僕を叱ることはなかった。あのときもこのような目をして僕に教えてくれたのだ。

「ヴァンダル流魔術の神髄は〝諦めない〟こと。どのような難事にも立ち向かう勇気を持つことが魔術の真理に繋《つな》がるのだ」

父さんは言葉でなく、行動で常にそう示してくれた。その教えに感化された僕は、以後、どのような難しい魔術にも逃げることはなかった。どのように難解な術式も勉強してきた。

その成果を出すべきときは今だと思った。

そう確信した僕は残された魔力を振り絞り、魔法を唱える。

難しい魔法ではない。単純な魔法だ。視界の範囲内に《転移》するだけの魔法だ。

ただ、ヴァンダル父さんをひとりこの場に残すことだけが心苦しいが、父さんは笑いながら言った。

「年寄り扱いするんじゃない。わしの図太さはローニンよりも上、しぶとさはミリアクラスじゃ」

なによりもの心強い言葉だった上、時間がなかった僕は即座に転移魔法を完成させると、ドーラ砲がある艦にいるレヴィンの横に転移する。彼女は急に現れた僕に驚くが、僕は彼女に尋ねる。

「照準は正しい？」

「もちろんだ。……ただ、ルナマリアにも言ったが、着火装置がしけてしまって」

「しけてるだけなんだね。じゃあ、速攻で乾かすよ」

僕は魔法で風を送り込む。それと乾燥を早める魔法を使う。

「なんでもあるんだな、魔法は」

「あまり使われない魔法だけどね。ただ、乾燥を早める魔法は相手の目に使って失明させることができる暗黒魔法のひとつだよ」

「少年に最も似合わない魔法だ」

「それでもそれを教わったからこそ、今、この場で役に立つ」

そう言い終えると導火線がある程度乾燥したことを知る。あとは魔法で着火し、砲撃を加えるだけだった。簡易魔法である《着火》を使うと導火線に火がともる。火はあっという間に弾薬の根元まで到達すると、轟音が辺りを包み込む。

どおん！

耳をつんざく轟音と共に、巨大な弾丸が飛び出す。

それはまっすぐに、海雁号に食らいつこうとしていたシーサーペントの頭部に着弾する。

今まさに障壁を破ろうとしていた化け物は巨大な弾丸によって洗礼を受けたわけであるが、結果はどうであっただろうか。

やつの頭部周辺に煙が噴き上がり、被害の詳細は分からない。

もしかしてこの一撃も通用しないのではないか、そのような疑念がないわけではなかったが、僕は人類の叡智《えいち》を、勝利を信じていた。

そしてその信頼は正しく報われる。

煙が晴れた瞬間、やつの頭部が半分、なくなっていることに気が付く。

それを見て歓喜の声を上げる艦隊の水夫たち。

「や、やったぞ、化け物を打ち倒したぞ」

「何百年にも亘《わた》ってこの海域を支配してきた荒神を打ち破ったんだ、俺たちは」

「ドーラ砲は最強だ。それにウィルヘミナは我らが英雄だ」

ドーラ砲の凄《すさ》まじさ、それにウィルヘミナという少女の神懸かり的な活躍に水兵たちは喜びを爆発させる。ルナマリアとレヴィンも飛び上がらんばかりに喜んでいるようだが、僕はヴァンダル父さんの目が笑っていないことに気が付いた。一際《ひときわ》、真剣なまなざしをしている父さんの視線の先を見る。見ればそこは皆が注目している箇所のすぐ側だった。

頭部を失い、会場に横たわっているシーサーペント。その失われた頭部のすぐ横、そこに黒い点があることに気が付く。

それが真っ先に〝人〟であると確認することができたのは僕とヴァンダル父さんだけだった。

《鷹見《たかみ》》の魔法で視覚を強化させた僕は、黒い点が魔術師風のローブを着ていることを確認する。

「……あれは見覚えが」

ブライエン家で催された宴《うたげ》を思い出す。

「あいつはたしかゾディアック教団の……、ヴァンダル父さんの弟子……」

海神を蘇《よみがえ》らせた張本人、この事件の黒幕がここにきて現れたのだ。しかし、勝敗が確定した今、なぜ現れたのだろうか。海神と共闘するのならばもっと早くやっていれば、勝敗は覆《くつがえ》らなかったものを……。そう思っているとヴァンダル父さんが叫ぶ。

「しまった！　そうか、アレンシュタインめ‼　最初からこれを狙っていたか！」

「これを狙っていた――、は⁉　そういうことか」

「そういうことってどういうことだ？」

レヴィンはいまだ理解できずにきょとんとしている。

説明をしたいところだが、今はそのような時間はない。再び転移の魔法を詠唱するが、
僕は膝から頽《くずおれ》る。

「……くそ、魔力が尽きたか」

先ほどの鷹見で打ち止めだったようだ。

ならばヴァンダル父さんが頼みの綱だが、ヴァンダル父さんも障壁によって魔力を消費していた上、アレンシュタインは最初から父さんに狙いを定めていたようだ。父さんに絞った結界を張っており、転移できないように工夫を巡らせていた。

手をこまねいている僕らを海神の頭上から見下ろす魔術師、彼は高笑いを上げながら言う。

「ふははは、この瞬間だ。この瞬間を待っていた。最強の生命力を持つ海の神が倒れる瞬間を、誰も遮るものがいなくなる瞬間を。このふたつの条件を整えたとき、私も〝神〟と

なるのだ」

そう宣言するとアレンシュタインは二、三、口元を動かし、呪文を詠唱する。身体《からだ》をまばゆく光らせると、そのまま海の神とひとつになる。

《融合——》

他の生物とひとつになり、その特性を得る魔法。通常、動物同士を掛け合わせ、魔獣を作るときに使われる禁忌魔法のひとつ。その魔法によってキメラと呼ばれる実験動物を作り上げるのだが、それを人間に、しかも〝自分〟に使う人間がいるとは、融合の魔法を編み出した古代の魔術師も思いもしなかっただろう。

しかし、アレンシュタインという魔術師は、いや狂人はそれを平然と行った。

彼は荒神と同一体になるという暴挙を歴史上初めて行った魔術師として記録されることになったのだ。

——いや、それは僕らが無事、この海域から脱出できればの話だが。

「な、なんだ、この地響きは」

「こ、ここは海の上だぞ⁉」

浮き足立つ水夫たち。僕とヴァンダル父さんは念話によって会話をする。

「シーサーペントは神にも等しい存在。かつてこの世界を襲った天地創造の津波は一三匹のシーサーペントによって起こされたという伝承がある」

「天地創造の書、九章の六ページ目だね」

「ふふ、さすがは我が息子。記憶力は抜群じゃな」

テーブル・マウンテンにいるときのような会話をしてしまうが、水夫たちはなにをそんなに悠長な、という表情で僕たち父子を見る。たしかにその通りなので謹厳実直な表情でシーサーペントを見つめる。

シーサーペントと同化したアレンシュタイン。海の神そのものになったアレンシュタインは、天変地異を引き起こす。

沖に巨大な波の壁を発生させるとそれで艦隊を呑み込もうとした。

「ひ、ひぃ！」

狼狽《うろた》える水夫たちにエベック提督は鼓舞する。

「情けない声を出すな！　我らは海の民！　航海の神の祝福を受けしものぞ！　その入れ墨は勇気あるものしか入れられないはずだぞ！」

威厳ある激励に水夫たちは平常心を取り戻す。ただ、それでも津波を止めることはできないが。巨大な壁のような波が迫ってくる。このままでは防衛艦隊は全滅するだろう。それほどに巨大な波であったが、艦隊は全滅することはなかった。

正確には艦隊は全滅したが、乗り込んだ水兵は九死に一生を得たのだ。

ヴァンダルは首にさげていたアーティファクトを握り締めると、それを握りつぶす。古代魔法文明の傑作、魔法石を何重にも煮詰めて作り上げた宝玉を破壊すると、右手を光り輝かせる。

ヴァンダルはそれを破壊エネルギー――にはせず、人を救うために使った。

「勇敢なる水夫たちよ！　我が息子に助力してくれた勇者たちよ、おまえたちの命はあたら無駄にはせんぞ！　このヴァンダルが救ってみせる!!」

あるいはその宝玉を使えば、アレンシュタインを倒せたかもしれないが、ヴァンダル父さんはそれよりも人命を尊重したのだ。

艦隊に乗り込んでいた水兵たちの身体が光り、薄くなっていく。ヴァンダル父さんは僕たちこの場にいるものすべてを近くの小島に転移させる道を選んだのである。

無論、その小島をアレンシュタインが捕捉し、襲いかかればひとたまりもないが、父さんはアレンシュタインがそこまでしないことを知っていたのかもしれない。

彼の目的は僕たちの命を弄ぶことではなく、究極の力を手に入れることにあったのだ。

その〝力〟をとあることに使う決意を彼は固めているのだが、そのことを僕はまだ知らない。

僕が知っていることは、多くの人々の命が父さんの機転により救われたことだ。

その後、アレンシュタインは追撃してくることもなく、僕たちは数日間、小島に留め置かれたものの、交易都市シルレの救援によってことなきを得た。

こうして交易都市の問題を取り除くことに成功したものの、代償として艦隊をすべて失い、さらにより強大な敵を生み出してしまうことになった。

僕たちは物語の主人公側ではなく、道化なのかもしれないと思ったが、物語はそれほど単純でもないようで、アレンシュタインは最強の力を得たにもかかわらず、その後、一切、交易路を襲うことはなかった。

僕を含め、議員たちは拍子抜けすることになる。

第四章　魔術師アレンシュタイン

†

久しぶりにスカートを脱ぎ、ズボンをはく。思えば長い間〝ウィルヘミナ〟になっていた。ずっと女性用の衣服をまとい、女性用のトイレに入っていたが、やっとその窮屈な生活から解放される。

ルナマリアは茶目っ気たっぷりに、

「そのままでもよろしいのに……」

と冗談を言ったが、それは丁重にお断りする。山でもよくミリア母さんに女装させられたが、僕は決して女装が好きなわけではなかった。

というわけでさっさといつもの格好に戻ると、僕は評議会が行われている議会へ向かった。

僕たちを利用して海の神を取り込んだ魔術師アレンシュタイン。

最強の力を得たはずの彼であるが、予想に反して航路を襲うことはない。

一週間経《た》っても、二週間経っても船が襲われたという報告がもたらされることはなかった。そうなってくると商魂たくましい交易都市シルレの人々は評議会の制止を振り切って、大海原《おおうなばら》に乗り出す。なにごともなかったかのように通商を始めた。

僕たちの最終目標は航路の正常化と通商の再開なのだから、願ったり叶《かな》ったりであったが、評議会の幹部は困惑せざるを得ない。

評議会の長老であるケニー・ブライエンは渋面を作りながら言う。

「……おかしい。邪教徒共は最強の力を手に入れたというのに、なぜ、我が街を襲わないのだ。アレンシュタインとかいう魔術師を使えば容易に我が街を隷属下に収められるというのに」

もうひとりの重鎮、ヴィクトール・アナハイムは言う。

「ケニー氏、もしかして邪教徒と魔術師の目的は違うのではないでしょうか」

「ふむ、つまり魔術師アレンシュタインにとって我々も邪教徒もあの化け物を得るための道具であって、目的さえ達すればどうでもいいと」

「そういうことです」

「そうかもしれん。しかし、海神を手に入れるという目的を達したやつは、その力をなんのために使うのだろうか？」

評議会の商人たちは考え始めるが、結論は出ない。もともと、彼らは利に聡《さと》い商人であって、魔術師ではない。もしも自分たちならばその力を使って巨利を得ようとするだろうが、魔術師という生き物はとにかく変わりものだった。もしかしたら「ただ、海神と融合してみたかった」という知的好奇心で今回の騒動を起こした可能性さえあるのだ。

しかし、そのような想像をもとに街の進路を定めるわけにはいかなかった。

「海の神と同一化したやつを倒すことは難しいかもしれない。しかし、やつの動向は探るべきだ。やつの本拠地、魔の島に調査隊を派遣しよう」

——結局、一番無難な方向で意見が統一されると、交易都市を代表して調査隊が結成されることとなった。無論、僕はそのメンバーに立候補する。

「評議会の皆さん、どうかその調査隊に僕もお加えください」

調査隊に立候補をしたのは、純粋な知的好奇心もあるが、それ以上に先の戦いで煮え湯を飲まされたということもある。結局、僕はアレンシュタインの姦計《かんけい》を看破できず、やつに利する行為をしてしまったのだ。

ケニーさんもヴィクトールさんも僕は最善を尽くしたと慰めてくれるが、政治の世界で必要なのは「結果」であった。アレンシュタインは今のところ悪事はしていないが、これからどうなるかは未知数である。もしもその邪悪で強大な力をこの街に使われたら、後悔しか残らない。

それに——と僕は部屋の隅で沈黙を貫いている父を見る。

魔術の神ヴァンダルは先日から寡黙に考え事をしていた。

おそらくであるが、かつての弟子アレンシュタインに関係しているのだろう。もしかしたらヴァンダル父さんは、なぜ、アレンシュタインが襲ってこないのか知っているかもしれない。話す気はないようだが、放置する気もないようだ。おそらく、このままにしておいたら、ひとり、アレンシュタインの本拠地である「魔の島」に乗り込んでしまうような気がした。それだけは避けたかった。

僕が調査隊に立候補すると、ルナマリアも挙手をする。遅れてレヴィンも挙手をする。

彼女たちは僕が地獄に行くと言っても付いてくるだろうから、いまさら驚きはしなかったが、防衛艦隊の提督エベックさんまで付いてくると言ったのは驚いた。

「ウィルへミナ嬢！　——いや、ウィル少年か」

エベックさんは訂正するが、その言葉に驚きの成分は少ない。もしかしたら彼は僕が男であると見抜いていたのかもしれない。いや、気が付いていたのだろう。エベックさんはあえて僕の嘘《うそ》に騙《だま》されていてくれたのだ。その証拠に彼は再び僕に命を懸けてくれる。

「ウィル少年は俺の艦隊の水夫たちの命の恩人だ。彼がいなかったら全滅をしていた。俺は一宿一飯の恩義は必ず返すタイプでな」

そう言うと防衛艦隊の提督の称号を引きちぎり、ケニーさんの前に置く。

それが彼の決意表明だった。

ケニーさんは呆《あき》れながらも彼の決意を無駄にする気はないようだ。

「……やれやれ、防衛艦隊の再建という大仕事があるというのに」

「それは副官のシュレックがこなすだろう。それにわしの血はうずいておる。若き頃、七つの海を駆け回ったときよりも滾《たぎ》っているくらいだ」

「ならば戦士としてウィルのサポートをしてくるがよい」

ケニーさんは年長者としての度量を見せると、そのまま調査隊を組織する旨《むね》を宣言した。

反対者はいなかったので会議はそこで終了する。


会議が終わると僕はヴァンダル父さんを探した。会議でも終始発言をすることはなかったが、調査隊のメンバーが発表されたとき、父さんの名前も上がった。

「神々は人間の争いに介入しない、という不文律があるのは知っていますが、今回は相手も〝荒神〟。なにとぞ、ご協力願いたい」

とケニーさんに頭を下げたのだ。

ヴァンダル父さんは「うむ……」と軽く頭《こうべ》を垂れたから、同意したということだろうが、魔の島に乗り込む前に、なぜ、父さんがここにきたのか、アレンシュタインの目的だけでも聞いておきたいところだった。

ケニーさんの屋敷《やしき》にある図書室、そこで寡黙に本をめくる父さんに話し掛ける。

神々の山では本を読んでいるとき、三日でも四日でも黙々と他人を寄せ付けない父さんであったが、さすがに反応はしてくれた。――反応はしてくれたが、本から視線は一切動かさず、僕の目を見ずに語り始めた。

「――アレンシュタインとの出会いはかれこれ三〇〇年ほど前になるか」

父さんが僕の返事を求めていないことは明白だったので、沈黙によって返答する。

「………」

「わしは当時、この世界を遍歴し、様々な知識を吸収していた。まだ神になる前でな。しかし、永遠の命は得ていたから、いくらでも知識を吸収する時間はあった」

ヴァンダル父さんはローニン父さんと同じ新しき神々だ。なにかきっかけがあって神になったのだろうが、今は触れない。

「その当時、わしはとある魔術師教会の長と知己になった。そして象牙の塔と呼ばれる研究機関で教鞭《きょうべん》を執るように頼まれてな。人に教えるのも一興、分離分解して言語化するのは自分のためにもなる、と引き受けた」

「そこでアレンシュタインと出会ったんだね」

「うむ、そうじゃ。――やつは天才じゃった。象牙の塔は世界各国から英才教育をほどこされた魔術師が集まる研究所なのだが、その中でもやつは出色の才能を示した。わしが長年掛けて編み出した術式を一日で理解するどころか、余分な式を省いて洗練されたものにするくらいの知識と知恵を持っていたのじゃ」

「それはすごい」

「ああ、すごい。まさに魔術の麒麟児《きりんじ》。こやつならばわしと同じ永遠の命を得られる。同じ景色を見られると随分贔屓《ひいき》し、鍛えまくった」

「ふふふ、それは大変だね」

神々の英才教育のすごさは誰よりも僕が知っていた。

ヴァンダルも自分の容赦なさを知っていたので、同じように笑うが、それも一瞬だけ。すぐに真剣な表情を取り戻す。

「そのようにしてわしはやつを弟子にした。一〇〇年ほど一緒に研究を重ねただろうか。

いつしかわしはやつを弟のように思うようになり、やつはわしを兄のように敬うようになっていた」

「……そんなふたりがどうして袂《たもと》を分かったの？」

「喧嘩《けんか》をしたわけではない。考え方に違いが出ただけだ」

「考え方に違い……」

「吟遊詩人どもがよく口にする音楽性の違いというやつかの。わしにとって研究はなによりも大切なことであったが、やつはそれに飽き始めた。正確には魔術の真理よりも大切なものを見つけた、と言い換えてもいいかもしれない」

「それはもしかして愛する人のこと？」

「ほう、ようわかったな」

「物語の定番だし、それに最近、その気持ちが分かるようになってきた」

以前出会ったエルフの王子様とドワーフのお姫様を思い出す。──それにルナマリアの顔も浮かぶ。なによりも大切なもの、掛け替えのないものというのは存在するのだ。

それがこの旅で知ることができた「世界の真理」だった。

そのことを話すとヴァンダル父さんは目を細める。

「さすがはわしの可愛《かわい》いウィル。わしが数百年掛けて到達した真理にもう近づきおって」

いたく感動しているようだ。ミリア母さんならば抱きしめて窒息させてくるだろうがヴァンダル父さんは神々の中でも分別が付く大人であった。

「アレンシュタインは、象牙の塔にやってきた新任の女研究者と恋仲になった。そしてわしとの共同研究をやめ、象牙の塔もやめ、ふたりで田舎《いなか》に戻ることにした」

「結婚したんだね」

「うむ、そうじゃ。当時のわしはアレンシュタインの行動が理解できなかった。だからふたりを祝福することはなく、旅立ちの日にも餞別《せんべつ》ひとつ渡さなかった」

「…………」

「当時のわしは狭量《きょうりょう》な上に偏屈だった。──それは今もだが」

「だけど今は家族を愛する気持ちを知っている」

「うむ」と僕の顔を真剣に見つめる。

「当時のわしは愚かだった。弟のような弟子の幸せを祈ることができなかった。酷《ひど》い言葉を浴びせかけてしまったこともある。しかし、そんなわしにもアレンシュタインは呆れることなく手紙を送ってくれた。美しい新妻との生活の近況を送ってくれた」

ヴァンダルは懐《なつ》かしい目をすると、懐《ふところ》から印画紙を取り出す。その印画紙は古ぼけてはいたが、若かりし頃のアレンシュタインと若い女性が写っていた。しばし、その印画紙に注視していると、とあることに気が付く。

「……あれ、この女性、どこかで見たことがあるような」

それも遠い昔ではなく、ごく最近だ。

ヴァンダルは「それはないだろう」と言う。

「この娘はただの人間、不老不死の法には成功していない。定命のものだ。もう、何百年も前に死んでいる」

「不老不死の法は誰でも会得《えとく》できるんじゃないんだね」

「その通り。この法に近づけたものは長い魔法の歴史でも数えられるくらい。アレンシュタインは貴重なひとりだが、やつの術は不完全なもの。永遠ではなく、ひとよりも長生き程度に過ぎない」

「じゃあ、もしかしたら〝永遠の命〟を手に入れるために、海神と融合した可能性もあるね」

「その可能性は高い。永遠の命は魔術師の悲願でもあるからな」

ヴァンダル父さんもまた〝完璧〟な不老不死ではなく、永遠の命は研究テーマのひとつなのだそうな。魔術の世界の裾はどこまでも広かったが、今、気にしなければいけないのはアレンシュタインの奥さんと思わしき人とどこで会ったかである。記憶を総動員すると、ルナマリアと踊ったあの日の夜を思い出す。

「ああ、そうだ。あの日だ。たしかこの人、ブライエンさんの宴《うたげ》のときに見かけたんだ」

「なんじゃと？　それは誠か？」

「うん、まったく同じ顔立ちをしている。ただ、ドレスではなく、メイド服を着ていたけど」

「ううむ、まさか、有り得ない」

「不老不死の法を完成させたんじゃ？」

「それはない。この娘はたしかに死んでいる。わしはこの娘が流行病《はやりやまい》で死んだところを、葬式で泣き崩れるアレンシュタインをたしかに見ている」

「……彼女の子孫……とか？」

「そうか。忘れておったが、その可能性は高いな。わしが知らぬ間に娘をこしらえていた可能性はある」

「年齢的にひ孫かもしれないね」

「うむ、そうじゃな。まあ、その辺は会って聞くしかないか」

「そうだね。ここで話していても推論しかできない。もう、直接会って聞くほうが早いね」

「そうじゃな」

「じゃあ、父さんと船旅だ。船酔いはしない？」

「何百年生きていると思っている。——船酔いするに決まっているだろう。わしは学者肌の魔術師なのだから」

偉そうに誇るが、対策はバッチリのようで船酔いの薬をあらかじめ煎じてあるらしい。

僕は先日の航海ですっかり慣れてしまったが、レヴィン辺りは分けてあげると喜びそうだ。そのことを父さんに伝えると、僕たちは旅支度を始めた。

今度は洋上ではない。交易都市シルレの沖に浮かぶ「魔の島」が戦いの舞台となる。

そこで待ち構えているはずのアレンシュタインという魔術師が、僕たちの敵であった。

いや、敵となるか確かめるために確認するのが僕たちの役割だった。

僕としてはヴァンダル父さんの弟子と対立することは望んでいない。ただ、アレンシュタインは荒神との融合を遂げている。その力を使ってなにかをしようとしている。

邪教徒の手下となり、航路を荒らしていたという過去もある男だ。理由があってのことかもしれないが、悪事は悪事、今後、なにをしでかすか未知数なのである。もしかしたら会うなり戦闘になる可能性もあったが、それはそれで仕方ないことであった。

今回のこともあるが、邪教徒の集団であるゾディアック教団と僕は不倶戴天《ふぐたいてん》の敵同士だった。もはやどちらかが倒れるまで収まりが付かない。そんな状況まで来ていた。もしもアレンシュタインがまだ邪教徒と通じており、悪事を繰り返すというのならば、魔術の神の弟子として、引導を渡すだけであった。

そのような決意のもと、僕は再び船に乗り込む。

今度は男の子として、神々に育てられしものとして、魔術の神ヴァンダルの一番の弟子として――。

†

魔の島とはミッドニア王国の北東部にある島のことである。

岩礁に囲まれており、普通の船は近づくこともできない。また資源もとぼしく、無人島であった。

ここ数百年、〝山羊《やぎ》〟さえ住み着かないとも揶揄《やゆ》されてきたような島で、事実、漁師の避難小屋さえ建つことがなかった。

航路からも漁場からも遠く離れすぎているのだ。

そんな島に研究所を建て、研究に明け暮れていたのがアレンシュタインという魔術師である。

数十年ほど前、ゾディアック教団に加わった彼は、恩賞のひとつとしてこの島を貰《もら》い受けると、教団の戦闘員が使う魔法の武器やゴーレムを量産し始めた。

そしてその対価として実験に必要な資金を受け取っていたのだ。

かつて象牙の塔で英才と褒めそやされたエリートが、邪教徒の調達屋とは落ちたものだ、とは周囲の言葉であったが、特に気にした様子もなく、島で研究を続けた。

そんな魔術師の助手であるリディアは、感慨深げに師の研究成果を片付ける。

かつて師が目指したもの、〝完全なる不老不死〟の術について書かれた論文だ。

魔術師アレンシュタインは、この島にやってきてから延々と不老不死の研究をしてきた。

魔術師の真理のひとつである〝永遠の命〟について研究を重ねてきたのだ。

アレンシュタインはあらゆる動植物の研究を重ねた。

極北の大地にあるという千年杉を調べるために決死の覚悟で流氷をかき分けた。

最古の亀を探すため、南陽の地を駆け回り、熱病に罹《かか》ったこともある。

それでもなお、永遠の命に肉薄することさえできなかった。

アレンシュタインはある日を境にみるみる老いていき、老人となった。

このままでは「永遠の命どころか、私の命が尽きる……」、そう思った彼は賭けに出た。

海神と呼ばれるシーサーペントと同一化する道を選んだのだ。

シーサーペントは聖魔戦争以前よりこの街の伝承に出てくるいにしえの怪物だった。推定年齢数千歳、その生命力は尋常ではない。そんな化け物と融合を遂げれば、永遠の命の研究が飛躍的に進むと思ったのだ。

――常人の考えではないが、アレンシュタインという魔術師はとっくの昔に狂っていた。〝最愛の人を亡《な》くした瞬間から〟彼の目は狂気に染まっていたのである。

しかし、そんな異常者でも、少女にとって、助手であるリディアにとっては大恩人だ。リディアはアレンシュタインによって命を与えられ、生きる理由を授かったのだ。

今、その主《あるじ》は荒ぶる神の意思を抑えようともがき苦しんでいる。

神と融合したはいいが、シーサーペントの自我は想像以上に強大で、アレンシュタインの心を蝕《むしば》んでいるのだ。

今、アレンシュタインは魔の島の大洞窟で苦しんでいた。文字通りもがき苦しみ、悶《もだ》えていた。三日三晩、うねり狂っていた。ときおり、深海に潜っては海底の岩盤に頭を打ち付け、正気を保っている状態だ。

このままではアレンシュタインの自我は、シーサーペントに乗っ取られてしまうだろう。

それだけは避けたかった。ゆえにリディアは主の書庫を探り、解決方法を探していた。

無論、リディアは魔術師としては最下級。師の膨大な研究成果の万分の一も理解できなかったが、それでも無為無策にじっとしていることはできなかったのだ。

膨大な書物を掻き分け、一縷《いちる》の光明を探すが、途中、机の上の印画紙が目に入る。

そこには若かりし頃のアレンシュタインとその妻が写っていた。

双方、この世の幸せを詰め合わせたかのような笑顔で微笑《ほほえ》んでいた。

「――アレンシュタイン様」

主の名を呼ぶと、ふと鏡が目に入る。そこに映っていたのは主の妻にそっくりな自分だったが、自分は妻ではない。その妻の代役も務まらないまがい物であった。

リディアは誰よりもアレンシュタインのことを愛していたが、自分のような半端《はんぱ》なものでは主の心の空白を埋めることはできないと知っていた。

だからリディアはメイド服をまとい、彼の身の回りの世話と、研究の助手に専念した。

それだけが自分の存在意義であるかのように、アレンシュタインに仕えてきた。

アレンシュタインはこの数百年、「ありがとう」という言葉を発しなかった。

リディアはただの小間使いであり、ただの道具でしかないのだ。

だから愛情も感謝も示す必要はなかった。

リディアとしてはそんなものはほしいとは思わない。それどころか慰みものにされたり、八つ当たりをして傷つけてほしいとさえ思っていた。しかし、リディアにはそのような価値もないのだろう。この肌が傷付くことは一度もなかった。

それが少し悲しかったが、感傷にひたる暇はない。主が一刻でも早く化け物に打ち勝てる秘策を探し始める。

その後、数週間、ほとんど眠ることなく文献を調べたリディアだったが、結局、有益な情報を得ることはできなかった。

ただ、主の書斎に置かれた水晶玉が赤く輝き出した。

これはこの島に侵入者がやってきた合図だった。

不毛の島と呼ばれるこの島に侵入者がやってくるのは、数十年ぶりのことだった。

招かざる客人であったが、出向かざるを得ない。

リディアはメイド服を整えると、浜辺にいるはずの彼らのところへ向かった。

†

僕たちは砂浜で倒れ込んでいる。

呑気《のんき》に水泳大会をしているわけではなく、船が難破したのだ。

──今からさかのぼること数時間前。

エベック提督が操縦する船で魔の島に近づいたとき、僕たちは怪物に襲われた。

一角オルカの群れに襲われたのだ。

海の神さえ討伐する僕らであったが、一角オルカの群れは狡猾《こうかつ》で、それでいて強力だった。あっという間に船底に穴を開け、僕たちの乗っていた船を沈める。

おそらく、魔の島を守るため訓練されていたオルカは、船を沈めると僕たちを捕食しようとしたが、それは僕とヴァンダル父さんの活躍で退ける。雷に氷、あらゆる魔法を駆使し、数匹ほど仕留めると、オルカの群れは蜘蛛《くも》の子を散らすように逃げていった。

ただ、それでも船を沈められたことに変わりはなく、僕たちはそのまま流れの速い潮に巻き込まれ、気を失う。

そして起きると、海水であられもない姿になったルナマリアの姿を見ることになる。彼女の巫女《みこ》服は海水で透けているし、海流ではだけてしまっている。またとても艶《なま》めかしいポーズで倒れているので目のやり場に困る。

ただ彼女は無事のようで胸は上下に動いていた。息をしている証拠だ。

M字になっているルナマリアの足を閉じると、他にこの浜に流されている仲間がいないか確認する。

浜には人影がもうひとつあった。レヴィンだ。彼女はルナマリアのように艶めかしい格好はしていないが、その代わり腹を膨らませ、ぴゅーっと塩水を吐いていた。どうやら大量の塩水を飲んでいるようだ。救命措置をしておいたほうがいいだろう。レヴィンのお腹《なか》をぎゅーっと押すと、大量の塩水を吐き出した。これで一命は取りとめたはずである。左手の盾は『ねえ、チューは？　チューはしないの？』と囃《はや》し立てるが、無視をする。人工呼吸は不要に思われた。

それよりもヴァンダル父さんや他の水夫たちの姿が見えないのが気になる。水夫たちは最後まで船を操縦していたから、別々の場所へ流れ着いただろうことは分かるが、父さんは最後まで僕たちと一角オルカの群れと戦っていた。同じ場所に流れ着いてもよさそうなものだが……。

そのように考察していると、何者かの気配に気が付く。そのものは気配を隠すつもりがないのだろう、砂浜にじゃりっと足を踏み込ませながらやってくる。

人が住まぬはずの魔の島、そんな場所で遭遇したのだから警戒せざるを得ないが、こちらに向かってくる女性は警戒心を解きほぐすような格好をしていた。

「……メイド服……だよね……？」

疑問調の僕の独り言に、左手の盾は『だねだね』と答えてくれる。

僕の緊張感は一気に下がったが、それを助長するかのようにメイドさんはにっこりと微笑む。

「お久しぶりです、ウィル様。わたくしはこの魔の島でアレンシュタイン様にお仕えするメイドでございます」

「君は先日会ったメイドさんだね」

「はい。先日のパーティー以来ですね」

彼女は自分の正体を隠す気はないようだ。それもまた彼女への信頼感に繋《つな》がる。武器も携帯していないようだし、襲うならばもっと適切なタイミングがたくさんあった。この女性は敵かもしれないが、危険ではない。そう判断した僕は彼女にルナマリアとレヴィンの介抱を手伝ってもらうことにした。

彼女はにこりと同意してくれる。

「どちらも身体《からだ》が冷えているご様子。屋敷《やしき》で暖を取らせたほうがいいでしょう」

そう提案してきたので、僕は迷うことなくそれに従った。僕がルナマリア、彼女がレヴィンを担《かつ》ぐと、彼女の先導に従って、アレンシュタインの研究施設へ向かった。

アレンシュタインの研究施設兼屋敷は魔の島の中央部分にある。

魔の島は岩礁に囲まれ、接岸が難しい地形だが、島の中央部分は自然豊かで風光明媚《ふうこうめいび》な地形となっていた。〝魔の島〟などというおどろおどろしい呼称からは想像できない。

それにメイドさんに案内された研究施設もあまり「魔」っぽい感じはしない。都市部にあるような洗練された施設で、学生が研究に勤《いそ》しんでいそうな雰囲気を持っている。

『メイドさんもいるから、なんか魔って感じはしないね』

左手の盾も僕と同じ感想を持っていたようで、遠慮せずに感想をつぶやく。

「たしかにメイドさんがいるなんて場違いだ……」

小さな声で盾に応えるが、彼女はどうやらとても耳がいいようでその件について尋ね返してくる。

「ふふふ、そんなにわたくしの格好は珍しいでしょうか」

メイド服のスカートをふわりと揺らしながら問うてくる。

素直に思ったことを口にする。

「魔の島と言われているくらいですから、悪魔が出迎えにくると思っていました」

「あいにくとこの島には悪魔のたぐいはおりません」

彼女はそう言うと客間に案内してくれた。ルナマリアとレヴィンの身体を温めるために暖炉に火もくべてくれる。ぱちぱちと立派な暖炉に火がともると、部屋の温度は上がる。先ほどまで青ざめていたふたりであるが、顔色を徐々に取り戻す。このまま時間が経《た》てば自然と目覚めるだろう。

改めて彼女に礼を言うと、とあることに気が付く。

「そういえば命の恩人に名を名乗ることも忘れていた」

とんだ不調法である。神々の息子が礼儀知らずと思われたくないので、慌てて挨拶をする。

「僕の名前はウィル。神々の山からやってきたんだ。君の名前は？」

「わたくしの名はリディア。この魔の島で生まれ育ちました」

「リディアか。綺麗《きれい》な名前だね」

「ありがとうございます」

「こちらこそありがとう。君のおかげでルナマリアもレヴィンも大事なさそうだ」

「あの調子ならばすぐに目覚めるでしょう。目覚めればきっと喉が喝いているはず」

「レヴィンは特にかも。塩水を大量に飲んでいたし」

「ならば今からお茶を淹《い》れます」

僕も手伝うよ、とは言わない。ここは人様の屋敷であるし、彼女はメイド。仕事を奪うような真似《まね》はよくない。ルナマリアもよく紅茶を淹れてくれるが、紅茶を淹れるのを手伝うよりも、淹れた紅茶を美味《おい》しく飲むほうが彼女は喜ぶ。メイドと従者は違う職業だが、その辺の機微は通底しているに違いない。

そう思った僕は素直に紅茶の用意が整うのを待つ。リディアが湯を沸かし、菓子の用意をしている間にルナマリアが目覚める。彼女が目覚めた喜びを口にしているとレヴィンも目覚める。ふたりは一命をとりとめたことを素直に喜び合うと、現状を尋ねてきた。正直に話すと、青天《せいてん》の霹靂《へきれき》を見たかのように驚く。

「ここはアレンシュタインの屋敷なのですか？」

目を丸くするルナマリア。

「敵地ではないか⁉」

枕元の剣に手を伸ばすレヴィン。

僕はここが敵地ではあるが、危険な場所ではないと伝える。

「僕たちを助けてくれたメイドさんに悪意はないよ。それにここにはアレンシュタインもいない。もっかのところ安全だ」

「なにを悠長な。そのメイドに毒をもられるかもしれない。それにアレンシュタインがいつ戻ってくるかもわからない」

「それはない」

断言する。特に前者。リディアという少女は僕たちを害する気はないように見える。少なくとも寝首をかくような真似は絶対にしないタイプに見えた。

レヴィンはいくら説明しても信じてくれないが、ルナマリアでさえ、半信半疑のようだ。

しかし、その後、リディアの用意してくれたお茶を飲んでふたりの意見は変わる。

同じ茶道楽のルナマリアから見てもリディアの淹れる紅茶は完璧だった。茶葉の選定から、茶葉の蒸らし方、茶の注ぎ方までケチのつける要素がないらしい。

このように丁重に客をもてなせるメイドが悪人のわけがない、という論法でリディアを信用するようになる。

ルナマリアらしかったが、レヴィンはさらに彼女らしい。

「こんな美味《うま》い菓子を焼き上げる娘が悪党のわけがない」

と断言した、むしゃむしゃとバウムクーヘンを口の中に放り込む剣の勇者レヴィン。口元にはたっぷりと生クリームが付いている。

その姿に緊張感はまったくなく、場が和む。もしかして計算ずくでバウムクーヘンを頬張っているのかと思ってしまったが、彼女はそんな小賢《こざか》しい計算はできない。純粋にバウムクーヘンが美味いのだろう。それにリディアは本当に悪者ではないのだ。彼女のように清らかな笑みを浮かべられるものが悪党だというのならば、この世の物理法則をすべて計算しなおさなければならない。リディアという少女はそれくらいに素敵な笑顔ができるメイドであった。

†

三人で仲良く一本のバウムクーヘンを食べ終える。剣の勇者様が半分以上食べたような気がするが、気にしない。食欲があるのは健康的な証拠だった。

今、気にしなければいけないのは、アレンシュタインの動向だろうか。このメイドさんはアレンシュタインのメイド、貴重な情報を知っているはずであった。

タイミングを見計らうと、リディアにアレンシュタインの真の目的を尋ねる。

彼女は忌憚《きたん》なく、答えてくれる。

「アレンシュタイン様はわたくしに自分を殺させるつもりです」

凛《りん》と言い放つ美しいメイド。その目にはなんの躊躇《ちゅうちょ》も迷いもなかった。

「アレンシュタイン自ら、自分を殺せと言ったのか……」

「意外だな」

とはレヴィンの言葉であるが、それは彼女だけであって、僕は意外でもなんでもなかった。アレンシュタインとはブライエン家の宴《うたげ》で一度話しただけだが、彼は根っからの悪人には見えなかった。ヴァンダル父さんと同じ匂いがしたのだ。

ただただ研究に没頭する知的探求者、それが彼に抱いた印象だった。

研究に情熱は捧《ささ》げても、悪魔に魂は捧げないタイプにも見えた。

ルナマリアも同様の感想を抱いていたようで、リディアの言葉をすぐに信じる。

「アレンシュタインは死に場所を求めているのでしょうか？」

それがルナマリアの回答だが、言い得て妙だった。宴で出会った彼は、この世の中の事象すべてを憂いているように見えた。

もしかしたら、何百年も生きることに飽きたのかと思ったが、違ったようだ。リディアはゆっくりと首を横に振る。

「いえ、アレンシュタイン様はこの世界に飽きてなどいません。むしろ、命を一日でも長引かせ、魔術の真理のひとつを会得《えとく》したいと思っていました。だからこそ海神とひとつになったのです」

「永遠に研究をしたかった？」

「一日でも早く永遠の命の真理に近づきたがっていました。——だから毎日のように奥方様の遺体に寄り添い、話し掛けていましたわ」

「……そうか、そういうことか」

アレンシュタインの計画の全貌が見えた僕はひとり納得する。ルナマリアとレヴィンは不思議そうに尋ねてくるので、彼女たちに説明をする。

「アレンシュタインは海神と融合することにより、生命の神秘を解き明かそうとしたんだよ。亡《な》くなった奥さんに永遠の命を与えようとした。つまり、反魂《はんごん》の術を行おうとしたんだ」

「反魂の術⁉」

驚くルナマリア。

レヴィンはピンときていないようだ。

「反魂の術とは、復活《リザレクション》のことです」

「《復活》の魔法のことか？　たしか司祭長クラスの熟練者が三〇〇人、その身命を賭《と》してやっと実現可能な究極魔法と聞いたが」

「はい。私も習ってはいますが、使うことはできません」

「アレンシュタインはその術を使おうとしているんだな」

「理由は想像つきますが、無茶苦茶すぎます。何百年も前になくなった人の魂をこの世に呼び戻すなど、大地母神そのものでも不可能かと」

「ええ、たしかにそうです。だからアレンシュタイン様は神を超えることにしたのです」

「神を超える……オーパーツ・ゴッド……」

ルナマリアがそうつぶやくと、リディアはゆっくりと首を縦に振る。

「荒神と融合し、神そのものを超えることをアレンシュタイン様は計画しました」

「それは成功したの？」

「はい。御主人様はこの計画を実行する前にこうおっしゃっていました。この計画が成功するかしないかは一週間後にはっきりする、と。一ヶ月経っても私の妻が蘇《よみがえ》らなかった場合、私を殺してくれ」

「一ヶ月……、殺す……」物騒な言葉である。

「おそらくですが、一ヶ月、それがアレンシュタイン様が自我を保っていられるぎりぎりの時間なのだと思われます。アレンシュタイン様が大洞窟に籠もられてから、彼の研究記録を調べましたが、海神との融合は大変な危険を伴います」

「そりゃあ、あんな化け物とひとつになったら主導権を握られるだろう」

レヴィンは率直な感想を口にする。リディアはこくりとうなずく。

「しかし、アレンシュタイン様は超人的な魔術と、鋼の意志を以《もっ》て、一ヶ月、海神を御するとおっしゃっていました。そしてその言葉通り、大洞窟から一歩も出ることなく、研究を続けられております」

「だから航路が荒らされることがなかったのですね」

「はい。しかし、御主人様がおっしゃった期限まであと二日。研究が完成する見込みは今のところ立っていません」

「二日後、自我を奪われたアレンシュタインは再び航路を襲い始めるかもしれない、ということだね」

「そうです。完全に自我を失ってしまう前に、どうかアレンシュタイン様を殺してください」

リディアは悲痛な表情でこちらを見つめる。

その瞳には力強さとたしかな意志があった。彼女はひとりでもアレンシュタインを殺すだろう。なぜならばそれが敬愛すべき主《あるじ》の命令だからだ。彼女は主の命令ならば、この世界を破壊することさえ厭《いと》わないメイドだった。

僕たちは彼女の気持ちを察すると、アレンシュタイン討伐の依頼を引き受けることにした。

僕たちはそのままアレンシュタインの屋敷《やしき》を出ると、屋敷裏《うら》にある洞窟に向かった。その洞窟は入り江に続く巨大なものであったが、入り口はとても小さかった。

洞窟を進む。

小さな入り口だったが、地下に進むにつれ、道幅が広がる。空洞が大きくなる。

「最初はこんな小さな入り口にどうやってあの化け物が入ったか不思議だったが、これくらい大きければ横になることくらいはできるな」

「この洞窟は入り江に繋《つな》がっています。アレンシュタイン様はそちらのほうから入り込まれたのです」

「なるほど、洞窟の入り口はひとつではないというしな。リディアがいれば迷うことは無さそうだ」

「だね。ただ気になるのは途中、トラップや敵と遭遇しないかだけど」

「このダンジョンにはアレンシュタイン様の貴重な研究資料や財宝が隠されています。普段は何重にもトラップを作動させ、守護者《ガーディアン》も周回させています」

「それは一大事だ」

「しかし、トラップはすでに解除してあります。ガーディアンも停止させているはず」

「手際《てぎわ》がいい」

「どういたしまして」

ぺこりとメイドさんのように頭を下げるリディアだが、有能な彼女も想定していなかった事態が起こる。

このダンジョンは侵入者から秘宝を守るため、動く鎧《よろい》、リビング・アーマーを配置していた。無論、停止装置の発動によってリビング・アーマーはただの鎧と化していたのだが、その鎧を〝利用〟した生き物がいるのだ。

それは海の神の眷属《けんぞく》であるゼラチン・スライムと呼ばれる怪物であった。

不特定で不確定な生き物は、海神の復活によって大発生していた。さらに彼らは侵入者から海神を守るようインプットされているようで、僕たちに殺意を送ってくる。

レヴィンは一歩前に出ると剣を抜き放つ。

「ウィル少年と出会ってから、あたしの活躍する場所もなかった。ゼラチン・スライムくらいならばあたしでも倒せる」

「無理はしないで。やつらただのゼラチン・スライムじゃない」

「分かっている。鎧を着るゼラチン・スライムなど初めてだ」

しかし生来の短気であるレヴィンは真っ先に斬り掛かっていた。ただ、心配はいらない。彼女は女性ではあるが、剣の勇者の称号を持つ武人でもあるのだ。リビング・アーマーの鎧をまとっている程度ならばゼラチン・スライムごときに後れを取るなど有り得なかった。

レヴィンは次々に鎧を着たスライムを破壊していく。

ルナマリアも感嘆の声を上げるほどであった。

このまま彼女ひとりで余裕かと思われたが、そうはいかない。奥から次々とゼラチン・スライムが現れる。赤、青、黄、カラフルな連中がやってきた。

僕も剣を抜くが、ルナマリアも剣を抜き、戦闘に参加する。神々に育てられしもの、大地母神の巫女《みこ》、剣の勇者、総参加の華やかな戦場となる。このまま圧勝するほどの勢いがこちらにあったが、物事はそう単純ではないようで。

ゼラチン・アーマーを次々と駆逐する僕ら。強力なアーマーを装着したスライムたちは強かったが、僕たちは数々の戦闘に参加した歴戦の勇士だった。チートをほどこしているとはいえ、スライムごときに負けるわけがない。

——相手はただのスライムではなかったのだけど。

アーマーごと斬り殺したはずのスライムたちの断片がブヨブヨと蠢《うごめ》き始める。鮮やかな死体たちは磁力を持っているかのようにひとつところに集まり始める。

なんとスライムたちがどんどん合体していく。

どうやらゼラチン・スライムたちは通常種のスライムではなく、合体できるタイプの特別種だったようだ。

「これが噂《うわさ》に聞くキング・ゼラチンか」

ヴァンダル父さんの所有する魔物事典でA級に指定されていた危険種だ。

もしかしてこれはやばいかもしれない。なぜならば目の前に危険度Aランクの魔物が現れた上に、後方からはさらに鎧のこすれる音が聞こえてきたからだ。

「両面作戦はきついかな……」

キング・ゼラチンは僕が相手をするにしてもその間、後方から攻撃をされたら僕でもひとたまりもない。誰かがゼラチン・アーマーどもを引き付けてくれれば……！

ルナマリアとレヴィンに視線を送るが、彼女たちは前面に現れたキング・ゼラチンでせいいっぱいのようだ。もしかしてこれは詰みか——ならば彼女たちだけでも逃がさないと……そう思いながら剣を握り締めると、意外な人物が助けに入った。

先ほどから僕たちの後方で戦況を見守っていた可憐《かれん》なメイドさんの気配が消えていることに気が付く。——すうっと音も立てずに彼女は反転すると、ゼラチン・アーマーの懐《ふところ》に入っていた。

ゼラチン・アーマーに戦闘員も非戦闘員も、ましてやメイドの区別もない。視界に入ったものをすべて殺す、それが彼らの使命《プログラム》のようだった。だからこのような可憐なメイドさんにも剣を振り上げることができるのだろう。

「危ない‼」

僕は叫ぶ。

「リディアさん！　いけません！　後退してください！」

「メイド嬢、君に戦闘は無理だ！」

全員が同じ意見となるが、僕を含め、その意見は間違っていたようだ。

なぜならばメイド服を着た麗《うるわ》しいお嬢さんは、紅茶を淹れる名手であると同時に、武芸の達人だったのだから。

自分よりも遥《はる》かに大きいゼラチン・アーマーの巨刀、それが振り下ろされると、彼女はそれをあっさりと見切った。しかも紙一重でかわすなどというちゃちな真似《まね》はしない。彼女は右手一本で高速で振り落とされた巨刀を受け止める。

「な、なんだってー⁉」

一際《ひときわ》大きいリアクションの声を上げるのは剣の勇者レヴィン。

剣に命を捧《ささ》げてきた彼女にとって、リディアの行動は常識の範疇《はんちゅう》外だった。それはルナマリアも同じだったらしく、目を丸くしている。いや、それは僕もそうか、神々にしごかれた僕でさえ、あのような真似は容易にはできなかった。

しかも彼女は剣を受け止めただけでなく、返す刀で反撃に転じる。

右手で受け止めた剣を握りつぶすと、腰をかがめ、力を込める。そしてタイミングよく正拳突きをゼラチン・アーマーにめり込ませる。

ぼごぉ！

轟音《ごうおん》が響き渡ると、太古の鍛冶師が作り上げたアーマーをへこませる。いや、ひしゃげる。まるで飴《あめ》細工を破壊するかのように容易にアーマーを破壊する。

先ほど僕も切り裂いてはみたが、あのアーマーの硬度はとんでもない。少なくともなんの魔力も込めずに切り裂くのは僕には不可能だった。それができるのはローニン父さんやヒフネさんくらいである。僕は世界が広いことを知った。武芸の達人はいくらでもいるものである。

その後、彼女は見事な体さばきでゼラチン・アーマーをいなすと、的確に攻撃を加えていく。その華麗な動きにしばし目が行ってしまうが、彼女に見とれるのはもう少し後にすべきだろう。今、注視しなければいけないのは目の前の敵だった。

――キング・ゼラチン。

リディアに武芸の教えを乞《こ》うのはこいつを倒してからでも遅くないだろう。

そう思った僕は中央から斬り掛かる。

真っ正面から斬り掛かったのは、こいつを過小評価しているからではない。また、自分を過大評価しているからでもなかった。むしろ、僕はこの不特定で不確定な生き物を恐れていた。正面から挑んでは勝てないとすら思っていた。

ならばなぜ中央突破を試みたかといえば、それは〝仲間〟のことを信頼していたからだ。

僕が中央から斬り掛かると、計ったかのようにルナマリアが右側から、レヴィンが左側から斬り掛かってくれた。

どんぴしゃりのタイミングであるが、事前に相談していたわけではない。計らずとも彼女たちは最良のタイミングで攻撃を仕掛けてくれた。

左手の盾が茶化す。

『さすウィル！　３Ｐ――ならぬ、三位一体《さんみいったい》の攻撃だね』

３Ｐの意味は分からないが、きっとくだらない言葉なので尋ね返さない。ただ、彼女たちと息がぴったりというのは事実だった。

「ルナマリアとは付き合いが長いからね。それにレヴィンは同じ剣の道を歩んできたという共通点がある」

『どっちとも元々の相性がいいんだよ。３Ｐに明け暮れるのはいいけど、どっちをお嫁さんにするか、決めてある？』

「それは生き残ってから――少なくともこの一撃を加えてから決めるよ」

ルナマリアが斬り上げ、レヴィンが袈裟《けさ》斬りを決め、よろめくキング・ゼラチンだが、一瞬で失われた部分を回復してしまう。ゼラチンは元々物理攻撃にとても強い。しかもあのように巨大な質量を持っていれば、剣術だけで倒すのは不可能だろう。

僕は炎の魔法剣をキング・ゼラチンに突き刺すが、これも効果は限定的だった。魔法剣も致命打となりえないだろう。

『となれば禁呪魔法だね！』

「それしかないようだ」

『あれ、それにしては浮かない顔だね』

「アレンシュタインと対峙《たいじ》するまでは魔力を温存しておきたかった。父さんとも離ればなれだし」

『大丈夫、話に聞くところヴァンダルってローニンのように飲んだくれじゃないんでしょ。きっちりしてる人らしいし、決戦には間に合うよ』

会ったことがないというのに僕よりもヴァンダル父さんの人となりを把握している。そうだ。ここで息子の僕が懐疑的になるのはよくない。ヴァンダル父さんはきっと間に合う。

そう思った僕は遠慮なく禁呪魔法を放つことにした。

「ここで魔力が尽きようが、史上最強の魔術師が援軍にやってきてくれるんだ。出し惜しみはしない！」

そう叫ぶと僕は呪文を詠唱する。

「岩を砕き、骸《むくろ》を崩す、邪悪な眷属よ。

地の底に眠りし、赤い巨人の末裔《まつえい》よ。

灼熱《しゃくねつ》の手により、すべてを焼き尽くさん‼」

呪文を詠唱し終えると、地響きが鳴り響き、地面が割れる。

そこから巨大な赤い魔人の手が飛び出し、地を切りひらく。

そして身体《からだ》をこの世に具現化させると、そのままキング・ゼラチンを摑《つか》む。

いにしえの赤き巨人イフリートはそのままゼラチンを握り潰す。

ゼラチンはじゅうっと身体を蒸発させるが、その都度、再生していく。

さすがは不特定で不確定のものたちの王といったところだ。僕はさらに魔力を注ぎ、イフリートに力を与える。燃え上がる赤き巨体。灼熱の地獄がこの世に現れる。

こうなればイフリートの火力とゼラチンの再生力の勝負となるが、この勝負はイフリートが勝った。ゼラチンは数分ほど再生を続けたが、やがてイフリートの炎に再生が追いつかなくなる。

「す、すごい。炎の王を従えた上に、現世でも最強の力を持たせている」

精霊に多少の造詣があるルナマリアは驚愕《きょうがく》する。

精霊の知識ゼロのレヴィンは問う。

「そんなにすごいことなのか？」

「はい。イフリートは精霊の中でも別格。炎の王と呼ばれています。それをたやすく呼び出し、十全にコントロールするウィル様はただものではありません」

「魔術だけでなく、精霊召喚もすごいのだな、ウィル少年は」

彼女たちは褒めすぎだろう。たしかにイフリート召喚は高難度だが、たやすく召喚したわけではない。かなりの魔力を消費してしまったし、召喚したときに腕に火傷《やけど》を負ってしまった。つまり代償を負ってしまったのだ。これがヴァンダル父さんならばもっと簡単に、さらになんの代償もなく召喚することだろう。これが僕の限界であったが、わざわざ説明することはない。ゼラチンの王は倒した。だが、まだ戦闘は続くのだ。士気を落とすような発言はしたくない。

しかし、ルナマリアは賢い上に気遣いのできる娘。すぐに僕の意図を察する。僕が火傷をしているのも見抜いたようで、さり気なく治癒の魔法を掛けてくれる。

やはりルナマリアはすごい、改めて彼女の評価を高めると、先の戦いの殊勲者に声を掛けた。

「リディア、君は武芸の達人だったんだね」

ルナマリアに右腕をいたわられながら話し掛ける。彼女はにこりと微笑《ほほえ》むと言った。

「はい。こう見えても戦闘系のメイドさんなのです」

「すごいね。まるで舞うような動きだったよ」

「お褒めに与《あずか》り恐縮です」

気恥ずかしげに微笑むメイドさん。麗しすぎてほっこりしてしまうが、僕は彼女のメイド服が破れていることに気が付いた。

「大変だ。怪我《けが》をしているんじゃ？」

僕はルナマリアに、リディアを治療するように御願《おねが》いする。

一瞬、ルナマリアが躊躇《ちゅうちょ》したのは、僕の治療が完了していなかったからだ。しかし、火傷は軽傷であったし、ここまで治療すればあとはポーションでどうにでもなる。そういう論法でルナマリアに離れてもらうと、彼女は渋々、リディアの治療に当たった。最初は渋々であるが、一度治すと決めればすぐに真剣に治療に当たるのはルナマリアのいいところだろう。

メイド服の袖をまくると、神聖魔法を彼女に唱える。ルナマリアの右手が緑色に輝く。しばしルナマリアは治癒の魔力を送り込むが、数十秒後、眉目《びもく》を下げる。なにか異常を見つけたようだ。大怪我でもしたのだろうか。軽傷に見えるが、骨にまで達しているのかも、そう思いリュックから虎の子のエリクサーを取り出そうとするが、それはリディアが制する。

彼女は困惑するルナマリアの手を軽く握ると、己の唇に人差し指を置き、「しぃ……です」と言った。ルナマリアはしばし瞬《まばた》きし、逡巡《しゅんじゅん》したが、やがてコクリとうなずくと治療を打ち切った。僕たちのほうへ振り向くと、「大事ありません」と言い放った。

ていたので、女性として少し興味を持っただけです」と言い放った。

レヴィンは「ルナマリアはそっち方面の趣味もあったのか」、と身震いするが、僕は彼女たちの微妙な変化を見逃さなかった。ただ、それを追及することはない。ルナマリアが説明しないということはなにかしらの理由があるからだろうし、僕はリディアのことを完全に信頼していたからだ。

今、必要なのは彼女の武力であり、時間であった。

傷付いたものたちの治療が終わったことを確認すると、そのまま大洞窟を進んだ。リディアの言葉によればこの先に入り江に続く地底湖があるらしい。そこにアレンシュタインはいるのだという。

†

決戦を前に休息を取る。

海神の眷属《けんぞく》たちとの戦いで疲弊していたので、もう数日休んでもいいところであったが、その案は却下する。リディアが具申してきたからだ。

「昨日今日でどうにかなるものではありませんが、アレンシュタイン様の自我はそろそろ崩壊するかもしれません。悠長にしている暇はありません」

たしかにその通りであった。いまだ暴れ回ってはいないようだが、今後、どうなるかは未知数だった。それにヴァンダル父さんとエベック提督のことだ、決戦には間に合うだろ

う。

　そう口にするが、レヴィンはその根拠を知りたいようだ。僕はこう説明する。

「エベック提督はとても勇敢な人だから」

「それは答えになってないような」

「ならば父さんの根拠を。ヴァンダル父さんは僕がピンチになると必ず駆けつけてくれた。森で鮫蜂《シャーク・ビー》の巣を壊して追いかけられたときも、狼《おおかみ》のシュルツと黙って冒険に出て、オーガの大群に囲まれたときも、必ず助けに来てくれた」

　僕の真剣な言葉と表情に納得してくれるレヴィン。彼女は力強く頷《うなず》く。

　というわけで回復に努めるため、一日だけキャンプをすることにする。

「ご配慮感謝します」

　リディアは恭《うやうや》しく頭《こうべ》を垂れると、ひとりてきぱきとテントを張り始める。

「私も手伝いますわ」

　とはルナマリアの言葉だが、彼女は丁重に断ると、代わりに泉を探してくるように願い出た。僕もそれに同行しようとするが、リディアは「男手がほしい」という論法で僕に残るように願う。火起こしなどを手伝ってほしいのだという。

　僕たちはそれに従う。必然的にリディアとふたりきりになるが、ふたりきりになると彼女は唐突に話し掛けてきた。

「ウィル様、これから話すことはわたくしのひとりごとです。ですからこれを聞いても明日行われる戦闘に手心などは加えないでほしいです」

「…………」

彼女は返答を望んでいないようだったので、沈黙で返すと、ひとり昔語りを始めた。

「わたくしがこの世界に誕生したのは、アレンシュタイン様の奥様が亡《な》くなってから数十年ほど経過してからでした。あなたがたはわたくしをアレンシュタイン様の子孫だと思われているかもしれませんが、わたくしと彼に血統的な繋《つな》がりはありません」

「…………」

「わたくしは自我を持つと同時に主様《あるじ》にお仕えしました。そのように〝命令制御〟されているからです。そのような理《ことわり》を刻みつけられているからです。ですからわたくしは生まれてからこの瞬間まで、ただただ主様にお仕えしておりました」

彼女は目をつむるとこう付け加える。

「そのことは後悔などしておりません。自由などはありませんでしたが、わたくしはただただ幸せでしたから」

彼女はそう追記すると、アレンシュタインとの思い出を語ってくれる。

徹夜で研究に明け暮れる主にコーヒーを注いだこと。コーヒーを淹れる名手だと褒めそやしてくれたこと。

研究に没頭するあまり三日もご飯を食べてくれなかったこと。その間、リディアも栄養を補給せず一緒におなかペコペコになったこと。

買い物の途中で拾った猫。本当は猫アレルギーがあるのに使い魔として飼うことを許してくれたこと。

リディアはアレンシュタインの人間性を語り出す。

彼女の口から紡《つむ》がれるのは、象牙の塔のエリート魔術師ではなく、不器用ながらも優しいひとりの男だった。

リディアはしばし、真実のアレンシュタインを浮き彫りにする。止めどない言葉で語るが、やがてそれも尽きる。ひとしきり過去と邂逅《かいこう》すると、現実と向き合う。

「……わたくしにとってアレンシュタイン様は文字通り創造主。神々と人間の関係に似ています。創造主に刃向かう恩知らずの構図はどの時代にもあるのでしょうか？」

かつて神に弓を引いた人間の神話を思い出す。

神々は人間を感情豊かに創造した。喜怒哀楽の感情を与えた。疑問を持つ知性を与えたのだ。それによる帰結は愛憎渦巻く反乱に至ったが、リディアもまた同じ道をたどるのだろうか？　と問うているのである。

神々の息子としてはなかなか答えを導き出せない問題であったが、僕はアレンシュタインとの対峙《たいじ》を回避するつもりはなかった。

「僕は明日、アレンシュタインさんと戦う。もしも彼が荒神に精神を乗っ取られているのなら、君の依頼通りアレンシュタインさんを斬るよ」

「ウィル様……」

「しかし、これは君の依頼ではあっても〝願い〟ではないことは知っている。だから僕は君に戦闘に加われなどという酷なことは言わない」

「…………」

「僕とアレンシュタインさんが戦っているところを見るのがつらいならば、ここに残るという選択肢もあるけど」

それに対してはゆっくりと、だが明確に首を横に振る。

「わたくしにはアレンシュタイン様の最期を看取《みと》る義務と権利がございます」

それだけ言うと明日の決戦に加わる旨《むね》を伝えてくれた。

僕もゆっくりうなずくと、ルナマリアたちが帰還してくる。

リディアは真剣な表情から、メイドの表情に切り替えると、そのまま食事の用意を始めた。彼女は紅茶を淹れる名手だけど、料理の名人でもあるようだ。彼女が用意してくれた鱈《たら》のバター焼きと海藻のサラダは絶品であった。

僕たちは彼女の料理を美味《おい》しく頂くと、そのまま毛布に入った。

三人の寝息が聞こえてくる。ルナマリアは相変わらず静かな寝息だ。聞き耳を立てなければ聞くことができない。それでいて鈴虫の鳴き声のように聞き心地がいい。

レヴィンはその性格の通り豪放で、いびきが五月蠅《うるさ》く、寝返りも多い。夜中にはおなかを出して寝ていることだろう。

リディアはというと僅かばかりの寝息も立てない。さらに僅かも動かないのだから、死体のように見えなくもない。

――やはり彼女は。先ほどの戦闘でそうではないか、と思った僕であるが、彼女の寝姿を見てある種の確信を抱いた。

(……まあ、だからといってなにかが変わるわけでもないのだけど)

リディアの秘密を確信した僕だが、それで彼女との付き合い方が変わるわけではない。

真実が判明しても彼女の紅茶が美味《うま》いことは変わらないし、明日出される朝食も上等なものであることは変わらない。

ある種の悟りを開いた僕は、さっそくおなかを出し始めたレヴィンの毛布を掛け直すとそのまま眠りに就いた。


――決戦当日。

予想通りの豪華な食事を眺めていると、その量が尋常ではないことに気が付く。

あのレヴィンでさえ、

「リディアよ、あたしは大食いだが、さすがにこんなには食べられない」

と主張する。

僕もその通りだと思ったが、リディアは女予言者でもあるようで――、食事はあとからやってくる水夫たちのものだった。

後方からエベック提督たちがやってくる。ヴァンダルはいないようだが、水兵たちは誰ひとり欠けていないようだ。さすがは歴戦の指揮官エベックさんである。

彼らは合流すると、久しぶりのご馳走《ちそう》に舌鼓《したつづみ》を打った。

ルナマリアばりの予言であると舌を巻いているレヴィン。ルナマリアも驚いているようだが、どうやらリディアはルナマリアばりに耳が良《い》いようで、彼らの足音で接近を察知したのだそうな。

ルナマリアは、

「紅茶や家事能力といい、私のアイデンティティーが……」

なかば本気で落ち込んでいるので、慰めの言葉を掛ける。

「ルナマリアには神聖魔法があるから」

「……ありがとうございます」

しゅんとするルナマリアを鼓舞すると、一時間後、出立する。

エベック提督たちの合流はとても有《あ》り難《がた》かった。アレンシュタインは巨大な荒神。僕たちだけで勝てる見込みはなかった。そう説明するとエベック提督は尋ねてくる。

「それなのだが、このまま戦闘は避けられないのかね？」

「それはアレンシュタインさんの自我次第ですが、もしも自我がなくなっていたら即、戦闘です。最悪の事態を考えて突入すべきでしょう」

できれば彼の自我が残っていてほしい。そう思っているのは真実だったが、希望的観測に身を委ねて作戦を練ることはできなかった。僕の双肩《そうけん》には多くの命がのし掛かっているからだ。

エベックさんは改めて僕のことを信頼してくれたので、作戦の概要を話す。

「リディアの話によれば、海の神であるアレンシュタインさんは多くの眷属《けんぞく》を従えているとのことです。海神の親衛隊ともいえる苔《こけ》の巨人が何体もいるそうです」

「苔の巨人、モス・タイタンか」

「はい。攻撃力はなさそうですが、生命力はありそうなタイプです。厄介なのでエベック提督と水兵にお任せできますか」

「承知」

と言うと彼らは気勢を上げる。

ルナマリアとレヴィンはアレンシュタインさんとの決戦を手伝ってもらう。

「承知しました。重大な役目です」

気負うルナマリアだが、その気持ちは分かる。先日の海神と戦ったときのことを思えば、恐怖で足がすくんでもおかしくないのだが、彼女は気丈にも震えることなく小剣を取り出す。

さすがは大地母神の巫女《みこ》様である。その凜《りん》とした姿を見倣いたいと思った僕は、せめて剣を抜くところだけでも格好付けようと真似《まね》するが、彼女の繊細な抜刀は真似できなかった。

僕とルナマリア、それにレヴィンが剣を抜くと、足下が揺れ始める。

見れば数十メートル先にある地底湖の水面が揺れ始め、そこからいくつもの苔の魔人が出てくる。やつらがモス・タイタンに違いない。エベック提督たちは斬り掛かろうとするが、それを見計らったかのように地底湖の底からさらに大型の物体が現れる。

その物体が目の前に現れる前に僕は大声を張り上げる。その巨体がなんであるか、察しが付いていたからだ。

「アレンシュタインさん！　あなたなんですよね⁉」

「………」

僕の言葉に反応はない。彼は言葉を発する代わりに地響きを立て、地底湖から巨体を出現させる。それは先日、僕らを蹂躙《じゅうりん》した海の神、荒神のシーサーペントだった。

否、先日と違うところがひとつだけある。それはシーサーペントの頭部に人間の上半身が付いているところだった。その人物は見知った人物であった。アレンシュタインさんである。

僕は祈るように彼の目を見つめた。正気があるか確認したかったのだ。

海神と融合を果たした稀代《きたい》の天才魔術師。彼の精神力は化け物を凌駕《りょうが》したのだろうか。

いや、凌駕しているはず。

そんな希望を抱いて確認したアレンシュタインの上半身であったが、彼の目は狂気で光っていた。獣のように赤く光り、さらに上半身全体に黒いもやを発散させていた。

「――どうやら駄目だったようですね」

リディアがぽつりと寂しげにつぶやく。それが戦闘開始の合図となった。

僕たちの想像通り、アレンシュタインさんは正気を失っていた。なぜならば一番最初にもっとも親しい存在であるリディアを攻撃してきたからである。

海蛇のうねり、尻尾の一撃は容赦なくリディアを襲う。その一撃を食らえば彼女はそのまま圧し殺されるだろうが、そうはさせない。《跳躍》の魔法で彼女を颯爽《さっそう》と救うと、そのまま彼女を背に乗せ、海蛇の背を切り裂く。

尻尾に剣を突き立てるとそのまま頭上へ向かったのだ。鰻《うなぎ》をさばくような感触が伝わってくるが、やつは鰻ではなく、海蛇だった。痛みに耐えかねた頭部が僕を捕捉する。

そのまま大口を開けて呑《の》み込もうとするが、それはルナマリアの神聖魔法によって阻《はば》まれる。彼女は聖なる力を具現化し、魔力の弓を作ると、矢を放っていた。

その一撃は巨大であった。二撃目を考えていない一撃であるが、それは正しい。無限とも思える巨大な海蛇と戦うのに持久戦を選択するのは愚かもののすることであった。それはレヴィンも理解しているらしく、出し惜しみはしない。ルナマリアの一撃を確認すると、接近し、剣を突き立てていた。しかし、純粋な剣士であるレヴィンの一撃も通用しなかった。せめて聖剣があれば違ったのだろうが、彼女のなんの変哲もない長剣では致命傷を与えることはできない。それは魔力の過半を初撃に賭けたルナマリアにもいえることなのだが。つまり、この場で勝負を決められるのは僕しかいないようだ。

改めて責任を感じた僕は、リディアを安全な場所に降ろすと、彼女に尋ねた。

「君はアレンシュタインさんの研究室で彼の文献を調べたんだよね？　そのとき、なにかシーサーペントの弱点のようなものが書かれていなかった？」

「さすがはウィル様です。察しがいいです」

リディアは微笑《ほほえ》むとそれを教えてくれる。

「あの化け物には心臓がふたつあります。ふたつ同時に破壊できれば殺すことも可能でしょう」

「……ふたつ同時か。ちなみに場所は？」

「胴体中央部と尻尾の中央部です」

と言うと彼女は懐《ふところ》からペイントボールを取り出し、それを投げつけ、目印を作ってくれる。

「至れり尽くせりだけど、ひとつ問題が」

「はい」

「あの化け物に二回も、それにふたつ同時に致命傷を放てる自信がない」

「それは弱りましたわ」

素直な気持ちを口にするリディアだが、その問題を一言で解決してくれる人物が現れた。

突如、僕の後方に魔法陣が描かれる。そしてそこから人影が現れる。一瞬の早業《はやわざ》であったが、このような場所に一瞬で転移できるのはひとりしかいなかった。

「ヴァンダル父さん!!」

「久しいな息子よ」

「今までどこにいたの？」

「この大洞窟にある研究所を調べていた。──残念ながら反魂の術は失敗したようじゃな。女の骸《むくろ》が朽ちていた。おそらく、アレンシュタインの妻、リアンナじゃろう」

「そう……」

残念だ、という言葉も出ない。ただただ、悲痛な気持ちに圧倒されるが、アレンシュタインさんを憐《あわ》れんでいる暇はなかった。剣を構える。

「そうじゃ、それでいい。もはや、あやつには人の心は残されていまい。このまま妻のいる冥府に送ってやるのが慈悲というものだろう」

「そうだね。でも、それにはふたつ同時に海神の心臓を破壊しないと」

「じゃな。しかし、それには神々にも匹敵する魔力を持ったものがふたりはいるな。――そうそう、都合良く――いるではないか」

ヴァンダル父さんは冗談めかして言うと、心臓のひとつを担当する旨《むね》を伝えてくる。

「神様そのものに手伝ってもらえるならばなんとかなりそうだ。じゃあ、父さんが尻尾を担当して」

「任されよう」

ヴァンダル父さんはそう言うと《転移》の魔法を使い、やつの上空に飛ぶ。父の身体《からだ》が帯電する。

「得意の雷鳴を使う気だね」

「年寄りは電気風呂《ぶろ》と電気マッサージが好きだからな」

冗談めかしながら、《雷鳴》の魔法で攻撃を始める。無論、無詠唱で、最強の一撃を加え続ける。それで怯《ひる》んだのを確認すると、僕は再び尻尾から頭部に駆け上がり、ダマスカスの剣に魔力を込める。

父さんが雷を使うならば僕は炎だ。海の上では役に立たなかった炎魔法であるが、炎は魔法の基本、基本は最強ということを実証したかった。

「ほう、炎か。ウィルはその性格に似合わず炎魔法が得意だな」

「ミリア母さんは野蛮って言ってた」

「あの女の言うことは聞かないでいい」

「ローニン父さんは男は炎のような熱い心を持てと言っていた」

「あの男の言うことはもっと聞くな」

ならば誰の言うことを聞けばいいのだろう、そんなことを思いながら、ダマスカスの剣に最上位の炎魔法を込めると、やつの皮膚を切り裂き、ダメージを蓄積させる。頭と尾、同時に攻撃することによって怯ませる作戦である。そしてやつの怯みが最大限に達したとき、僕とヴァンダル父さんが致死の一撃を与えるという作戦であった。

この作戦は最上というか、唯一の作戦であった。レヴィンなどは即興でそんなに上手《うま》く行くものか？　と懐疑的な言葉を口にしていたが、ルナマリアは僅かばかりも疑っていなかった。

彼女は絶対の自信を覗《のぞ》かせながらこう宣言する。

「神々とそれに育てられしものの心はひとつです。僅かばかりの遅延もないでしょう」

　その宣言通り、僕とヴァンダル父さんは一秒の狂いもなく、動き始める。同じ瞬間に好機を見いだしたのだ。

「行くよ、ヴァンダル父さん！」

「息子よ、共に最高の一撃を繰り出そうぞ！」

　炎と雷によってよろめいた瞬間、僕は剣に《貫》の文字を描く、ヴァンダル父さんは杖《つえ》に同じ文字を描く、そして同時に攻撃をする。

　まるで双子の舞踏家のように同じタイミング、同じ瞬間、やつの皮膚に剣と杖とを突き立てると、そのまま身体の中の全魔力を注ぎ込む。神クラスの圧倒的魔力を送り込まれたシーサーペントの皮膚は裂け、肉はちぎれる。その魔力はチーズを削るかのように容易に化け物の身体の中央に達すると、爆発した。

　どかあん‼

　炸裂《さくれつ》音が木霊《こだま》する。その光景を見てレヴィンは、

「やったか？」

　とルナマリアのほうを振り向くが、ルナマリアはすぐに返答する。

「巨大な心音がふたつ同時に途切れました。これでやつは巨体を維持できな――」

最後まで言葉を発しなかったのは、ルナマリアが三つ目の心音に気が付いてしまったからだ。

たしかにシーサーペントには心臓がふたつしかない。そのふたつを同時に破壊すればいにしえの化け物に死を与えられるのは確実であったが、今のやつはただのシーサーペントではなかったのである。そう、やつの頭部には三つ目の心臓があった。それはやつと融合した魔術師の心臓であった。

三つ目の心臓によって即死を免《まぬが》れたシーサーペントは、一番近くにいた僕に復讐《ふくしゅう》を図る。シーサーペントの残された心臓は小さかった。その巨体を維持するのに十分ではなかったが、それでも最後に神々の息子を殺せるくらいの力を蓄えていた。

シーサーペントは、動くことのできない僕を呑み込もうと大口を開ける。僕はただそれを見守る。ルナマリア、レヴィン、ヴァンダル父さんは大声で叫び、なんとか僕を救出しようとするが、彼らも僕を救える力を持っていなかった。僕はこのまま化け物に呑み込まれ、殺される。その運命は回避不能であった。

ただ、その運命にあらがうものがいた。

リディアである。

彼女はメイド服をひるがえしながら、シーサーペントの頭部の横に現れると、回し蹴りを加えた。その一撃に怯むシーサーペントだが、怒りの火を導火線に付ける。即座に標的を僕から彼女に移すと、彼女を呑み込んだ。否、正確には彼女の上半身を残して喰《く》らい尽くした。

ぼとり、と上半身だけが地面に落ちると、僕の身体がぞわりとする。

怒りでも悲しみでもない感情が押し寄せ、失われた力を取り戻させる。そのまま脊髄反射のように《斬》の魔力を込めた剣閃《けんせん》を放つと、シーサーペントの頭部を袈裟《けさ》斬りにした。

アレンシュタインの上半身ごと。

こうして僕は海の神に勝利した。荒神と融合した魔術師を討伐したのだ。

ただ、そこにはなんの喜びも感じなかった。

化け物を倒すと、僕はそのままリディアのもとへ駆け寄る。

彼女は下半身を失っていたが、まだ生きていた。

いや、〝活動〟していた。血すら一滴も流すことなく、動いていた。

その姿を見てレヴィンはつぶやく。

「――この娘、機械仕掛け《オートマタ》のメイドだったのか」

その言葉に驚かない僕とルナマリア。僕たちはかなり前からそのことを知っていた。ルナマリアは彼女の腕を治療したとき、僕は先日からの会話でなんとなく察していたのだ。ヴァンダル父さんはおそらく、その知見から彼女がオート・マタであると悟っていたようだ。こうつぶやく。

「おそらく、アレンシュタインは亡《な》くなった妻リアンナを模してこの娘を作ったのだろう。妻と同じ形、同じ声を持たせ、自ら寂寥《せきりょう》感を埋めていたのやもしれぬ」

ルナマリアは悲しげにリディアを見つめる。リディアはまだ活動していたが、動きがどんどん弱々しくなっている。このまま活動を止めることは明白であった。ルナマリアは彼女のために大地母神の祈りを捧《ささ》げる。

レヴィンは彼女の最期《さいご》を看取《みと》るため、手を握りしめようとするが、それは払《はら》い除《の》けられる。拒絶ではない。彼女にはまだやるべきことがあるようだ。

ウィーン、ウィーンと、機械音を発生させながら、骸《むくろ》となった主のもとへ向かおうとする。

その姿は憐れではあったが、滑稽ではなかった。

リディアの主への思いはここにいる誰もが知っていたから。彼女が機械として創造主であるアレンシュタインを愛していたことは誰もが知っていた。

最後にその〝命〟を奪ったのは、皮肉にもその主であったが、だからといって彼女が主を愛することを誰が止められようか。誰が批難できようか。

この神聖な光景を汚すような行動を取るような無粋なものはこの場にはひとりもいなかった。

リディアは地虫のように這いつくばって主のもとへ向かう。

するとそこで奇跡が起こる。

リディアの下半身が復活し、アレンシュタインとその妻が蘇《よみがえ》るような安っぽい奇跡ではなかった。

もっと美しい奇跡が起こったのだ。

剣閃によってふたつに切り裂かれたアレンシュタイン。即死したはずの彼の目が見開く。その眼光は弱々しい。もしかしたらなにも見えていないのかもしれないが、それでも唇を動かす。

「……ああ、そこにいるのはリアンナか？　私の愛《いと》しい妻のリアンナか」

薄れ行く意識、眼光の中でアレンシュタインはそうつぶやく。

曇る景色の中、あるいは彼は本当に幻を見ているのかもしれない。

しかし、その幻は誰よりも優しい幻であった。

「……はい、アレンシュタイン。私はあなたの妻リアンナです」

「……そうか。実験は成功したのか」

「はい、そうです。実験は成功しました。あなたは魔術の真理のひとつに到達したんです」

「そうか、反魂の術は成功したのか。……とても嬉《うれ》しいよ。とても光栄だ。……これでもう思い残すことはない」

「なにを言うのです。私たちは永遠に一緒です」

「そうか、そうだね。そうだった。私たちは永遠に一緒だ」

アレンシュタインはそう言うと、そのまま事切れた。魂が天に昇ったのだ。

それを確認したリディアはにこりと微笑《ほほえ》むと、そのままアレンシュタインの胸の上に倒れ込んだ。

――こうして稀代《きたい》の魔術師アレンシュタインと、彼のオート・マタのリディアは死んだ。

ふたりは同じ瞬間に逝《ゆ》くことができたのだ。

それは幸せなことなのだろう。

僕はふたりの遺体をいつまでも見続けると、ふたりの魂が安らかに天で落ち合うことを願った。

†

　このようにして交易都市シルレで巻き起こった海神騒動は終わりを告げた。

　アレンシュタインさんとリアンナさん、それとリディアの墓を作ると、そのまま魔の島から立ち去ることにする。

　途中、父さんはこのように語りかけてきた。

「たった数ヶ月で成長したな」

「背はそんなに伸びてないよ」

「そうではない。心が成長したのだ。我ら神々が一番伸びてほしいと思っているところが成長している」

「この旅を通して色々な人と会ったからね。草原の民、森の狩人《かりゅうど》、孤高の剣客。──最近会った人だとエルフとドワーフの夫婦が印象的だったかな」

「異種族婚か」

「うん、彼らのお陰で〝愛〟はすべてを超えると知った。そして愛は自分たちの力を何倍にも増幅してくれるって」

「そうだな。愛は奇跡を起こす。リディアとアレンシュタインも愛によって奇跡に包まれながら死ぬことができた」

「そうだね。愛がすべてを救う、なんて道徳論者みたいなことは言わないけど、愛がなければ人は救えないんだ。いや、愛がなければ人を救っても空《むな》しいだけなんだ。それが僕がこの旅を通して学んだこと」

その言葉にヴァンダル父さんは目を細めると、小さく漏らす。

「――本当に立派になった。やはりこの子はわしを超える逸材。必ず魔術の真理に。否、人生の真理に到達できるだろう」

いつまでも目を細めるヴァンダル父さん。しばし、心地よい沈黙に包まれていると、遠くから法螺貝《ほらがい》の音が聞こえる。

見れば海岸には船が到着していた。交易都市シルレからやってきた救援船だ。僕たちはそれに乗り込む。

洋上から魔の島を見ると、黒い煙が上がっていた。

島を離れる際、僕とヴァンダル父さんが火を放ったのである。

アレンシュタインさんの館と、研究物をすべて焼いたのだ。

稀代の天才魔術師が残した記録は、ヴァンダル父さんにとって喉から手が出るほど貴重なものであろうが、後世、同じように永遠の命に取り憑《つ》かれ、反魂の術を求める輩《やから》が出たらかなわない。それにアレンシュタインとリディアの思い出は、師匠である父さんですら触れてはいけないものだった。

僕と父さんの気持ちは一致したので、惜しげもなく資料と記録を焼いたのだ。

洋上でそのことを告げると、ルナマリアは、

「お二方の行動は正しいです、大地母神もあなたがたを賞賛するでしょう」

「神々が神々を賞賛するなんて変だね」

「たしかに――」

ルナマリアはやっと笑みを漏らす。

リディアが死んでから、彼女は深く悲しんでいた。陰日向《かげひなた》なく主に付き添い、最期に主のためにその命を捧げた機械仕掛《じかけ》けの人形。忠義忠勇の従者であるルナマリアは同情せずにはいられなかったのだろう。

最後の最後まで、魔の島が水平線に消えるまで、ずっと見送っていた。

魔の島が見えなくなった頃、彼女はぽつりとつぶやく。

「もしも私がアレンシュタインさんの奥さんのように死んでしまったら、ウィル様は永遠の命を探してくれるのでしょうか」

おそらく、意図していない言葉、自分でもつぶやいたと気が付いていないのだろう。

だから返答する必要はないのだが、僕は考えてしまう。

哲学をしてしまう。

僕もアレンシュタインさんと同じ道をたどるのだろうか、と。

「ルナマリア、僕は——」

そう口にすると、続きの言葉を発したのだが、その先の言葉は海鳥の鳴き声にかき消されてしまった。

ルナマリアも尋ね返しては来なかったので、僕たちはそのまま船に揺られ、交易都市シルレに戻った——。

あとがき

こんにちは！　作家の羽田遼亮《はたりょうすけ》です。

この度も「神々《かみがみ》に育《そだ》てられしもの、最強《さいきょう》となる」をお買い上げくださりありがとうございます。皆さんの応援のおかげで無事、四巻も発売することができました。

作家本人はもちろん、関係者全員、喜んでおります。

これからも皆さんに本作をお届けできるよう、チーム神々の一員として頑張っていきたい所存です。

さて、いつもの御礼《おれい》から入りましたが、本作もだいぶ物語が進みましたね。一巻の旅立ちから始まり、いろいろな場所で縦横無尽に活躍しているウィル君。作者は基本出不精なので、偉い子やなあ、と他人事《ひとごと》ながら感心しております。

作品の舞台って、結構、作者の癖が出ると思っています。いろいろな作家さんとお話しますが、旅行好きな人は冒険譚《たん》を書く、閉じこもりな作家は拠点を中心に主人公の活躍を描くような気がしています。

先ほども言いましたが、羽田は出不精なので、本来は「拠点型」だったりします。自分の街や城を拠点にし、そこを発展させていくタイプの作品が多いのです。というわけで冒険譚タイプの今作は羽田の作品群の中でも結構異端なのです。

その分、楽しく書かせていただいておりますが。

毎回、ウィル君をどこで冒険させようか、楽しみにしております。

徒然《つれづれ》と筆を進めていたらページ数の余裕がなくなったので最後に宣伝を。

神々の五巻、二〇二一年の春ごろに出ます！　五巻と同時に「最強《さいきょう》不敗《ふはい》の神剣使《しんけんつか》い」という新シリーズも発売する予定です。（こちらも非常に面白いのでご期待ください）

神々はコミックス版も発売即重版するほど大人気です。ユーチューブや各種ＷＥＢ漫画サイトで配信されておりますので、読んでいただけると嬉《うれ》しい限りです。

ではでは五巻のあとがきでお会いしましょう‼

羽田遼亮

富士見ファンタジア文庫

神々《かみがみ》に育《そだ》てられしもの、最強《さいきょう》となる4

令和2年10月20日　初版発行
令和3年8月20日　再版発行

著者――羽田遼亮《はたりょうすけ》

発行者――青柳昌行

発　行――株式会社KADOKAWA
〒102-8177
東京都千代田区富士見2-13-3
0570-002-301（ナビダイヤル）

印刷所――株式会社KADOKAWA

製本所――株式会社KADOKAWA

※定価はカバーに表示してあります。
●お問い合わせ
https://www.kadokawa.co.jp/（「お問い合わせ」へお進みください）
※内容によっては、お答えできない場合があります。
※サポートは日本国内のみとさせていただきます。
※Japanese text only

ISBN978-4-04-073635-8 C0193 ◆◇◇

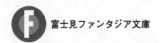

切り拓け！キミだけの王道
ファンタジア大賞
原稿募集中！
賞金
《大賞》300万円
《金賞》50万円
《銀賞》30万円
選考委員
細音啓「キミと僕の最後の戦場、あるいは世界が始まる聖戦」
橘公司「デート・ア・ライブ」
羊太郎「ロクでなし魔術講師と禁忌教典《アカシックレコード》」
ファンタジア文庫編集長
前期締切 8月末日
後期締切 2月末日
公式サイトはこちら！ https://www.fantasiataisho.com/
イラスト／つなこ、猫鍋蒼、三嶋くろね